한국 희곡 명작선 151

벼랑 위의 가족 (부제: 담장 위의 고양이)

한국 희곡 명작선 151

벼랑 위의 가족
(부제: 담장 위의 고양이)

마미성

평민사

마미성

벼랑 위의 가족〈부제·담장 위의 고양이〉

등장인물

정준석 : (58세, 수금사원)
박순옥 : (55세, 준석의 아내. 가정주부)
정철구 : (27세, 준석의 아들. 실업자)
정민자 : (24세, 준석의 딸. 비너스 클럽 경리)
이동철 : (27세, 철구의 친구(동창). 외판원)
오춘자 : (34세, 술집 마담)
조방세 : (40세, 건달. 춘자의 기둥서방)
장춘식 : (40세, 비너스 클럽 영업부장 겸 웨이터 장)
경찰1·2 : (3·40대, 평범한 순경)
형사 : (40대, 전형적인 경찰)

때

현대 1985년 늦봄.

곳

서울 변두리 산동네 정준석의 집과 오춘자 자취집.

무대

전형적인 산동네 분위기
제일 꼭대기 집을 상징하듯 대문 옆 기둥에 백열전등 가로등이
초라하게 서 있고, 그 옆에 아카시나무가 서 있다.
위 무대에는 낡은 판잣집이 한 채 서 있다. 왼쪽은 판자 담으로
이어진 대문이 집과 연결되어 있고, 그 사이에 부엌으로 통하는
문이 있다. 부엌 통로 쪽 오른쪽은 큰방과 작은 방을 상징하는
창문이 있다. 그리고 아래 무대 중앙에 작은 평상이 놓여 있다.
집 오른쪽 공간은 뒤꼍으로 가는 통로로 쓰인다. (집은 빨랫줄
에 여성용 속옷을 걸어 둠으로써 춘자의 자취집으로도 전환됨)

※ 이 극은 대물림되는 가난의 아픔을 슬기롭게 대처해 나가는
　 가장(家長)에 중점을 두어야 함.

제1장

쓸쓸한 음악이 비지 되는 가운데 막이 오르면, 대문께 백열전등이 서서히 켜진다. 아직 어둠이 짙게 깔린 상태가 아닌 삶에 지친 서민들의 퇴근 무렵이다. 방안에 역시 촉수 낮은 백열전등이 비치는 가운데 순옥(55세)의 빨랫감 개키는 소리가 들린다. 박순옥, 전형적인 한국 여인상의 소유자로 여고까지 나온 순종형. 남편 정준석에 헌신적인 내조는 물론이고 자식에 대한 애정이 남달리 각별하다.

무대 주위는 황혼 색 조명으로 백열전등과 어우러진다. 마당을 상징하는 바닥에는 엷은 어둠이 깃들어져 있다.

막이 완전히 오르면 시커먼 고양이가 담장 위에 앉아 두리번거린다. 이어서 방문이 거칠게 열리면서 몽둥이를 치켜들고 후닥닥 뛰쳐나오는

순옥   (버럭) 네 이놈! 생선 거기 놓지 못해!! (담장 쪽으로 몰 듯 다가서며) 이 악마 같은 놈아! 그게 어떤 생선인데 니가 감히 훔치는 거야!

고양이 담장 위에 앉아 사납게 운다.

순옥   (악에 받쳐) 그런다고 내가 물러날 것 같으냐! 당장 놓고 사라져!

여전히 담장 위에 앉아 으르렁거린다.

순옥　(씩씩거리며) 그래도 이놈이! 좋아 그렇다면 끝까지 해보자고! (하며 몽둥이를 마구 휘두른다)

판자 담에 맞는 둔탁한 소리.
여전히 담장 위에 버티고 서서 발악한다.

순옥　(힘이 빠진 듯 씩씩거리며) 네 아무리 날카로운 발톱을 가지고 있다고 해도 난 두렵지 않아! (비틀대며) 네 아무리 날카로운 송곳니를 가지고 있다고 해도 두렵지 않다고…. (허공을 향해 몽둥이질을 두어 번 하다가 힘없이 주저앉는다)

고양이 비웃는 듯한 웃음소리를 내며 담장 너머로 사라진다.

순옥　(비틀비틀 일어나며) 이놈아! 가긴 어딜 가! 아직 끝나지 않았어! 내 비록 너처럼 날카로운 발톱을 가지진 않았지만 너 따위에게 질 내가 아냐! 그러니 끝까지 한번 해보자고! (담장을 향해 몽둥이질한다)

이때, 대문이 열리며 피로에 지친 준석(58세)이 낡은 가죽 장부 가방을 메고 비틀비틀 들어온다. 준석은 아직 오십 대 후반이나 흰머리가 무성해 중늙은이처럼 보인다. 그러나 그의 표정은 강한 느

낌이 든다. 집념이 강하고 진취적이다. 늘 허리는 꼿꼿이 세우고
다닌다.

준석   (순옥을 힐끔 보고 평상 귀퉁이에 앉으며) 또 고양이 습격인가?

순옥   (한숨을 내쉬며) 정말이지 이제 속상해서 못 살겠어요.

준석   (말없이 상위 주머니에서 담배를 꺼내 물고 불을 붙인다)

순옥   아. 아버님 생신도 얼마 안 남았는데….

준석   (담배 연기를 내뱉으며) 또 깜박한 게로군? 적이 호시탐탐 노
린다는 걸 까마득히 잊은 채….

순옥   빨래를 걷어 방에서 개는 순간에….

준석   적에게 순간이란 없어. 찰나는 생사를 좌우하니까.

순옥   그럼, 손 하나 까딱하지 않고 지키고 있어야 한단 말이
에요?

준석   최소한 일의 순서는 알아야 한다는 거지… 뭘 먼저 해야
하는지….

순옥   그럼, 당신은 늘 먼저 할 일을 기억하고 처리한다는 말이
에요.

준석   물론이지. 수금쟁이의 생명은 순서니까. 순서를 잘못 정해
진을 빼고 나면 만사가 귀찮아 의욕이 없어지니까.

순옥   그래 오늘은 얼마나 하셨어요?

준석   일당은 했지.

순옥   악덕들만 남았다면서요?

준석   그렇다고 일손을 놓고 있을 순 없잖아.

순옥	그럼, 오늘도 멱살 깨나 잡히셨겠구려?!
준석	물론이지.
순옥	당신 같은 영감의 멱살도 잡는단 말이에요?
준석	그들에게 난 영감이기 이전에 진득이 일 뿐이야. 어떤 놈은 나더러 거머리래.
순옥	뭐라고요? 그럼, 당신이 피 빨아 먹는 악당이란 말이에요?
준석	그들의 처지에선 그럴 수 있지.
순옥	정말 너무 하는군요?
준석	그게 삶이야. 생존이고… 그건 그렇고 철구는?
순옥	오늘도 이력서 품고 헤매다 조금 전에 파김치가 되어 들어와 쓰러져 자고 있어요.
준석	잔다고?
순옥	네. 밥도 굶고.
준석	그래도 양심은 있군.
순옥	그럼, 밥값도 못하면 밥도 안 먹어야 한다는 말이에요?
준석	최소한 자신은 책임질 줄 알아야 한다는 거지.
순옥	당신 심한 거 아니에요? 민자에게는 안 그러면서?
준석	민자는 최소한 제 앞가림은 하고 있어.
순옥	당신, 계집애들이 취직하기 더 쉽다는 거 몰라서 그래요?
준석	기회는 누구에게나 있어. 이 나이에 수금쟁이를 하고 있잖아. 그것도 3년 연속 우수사원까지 하고….
순옥	너무 그러지 말아요. 개가 말을 안 해서 그렇지. 우리보다 속이 더 탈 거예요.

준석	아마도 그러겠지. 대학 렛도루까지 단 놈이 상고밖에 안 나온 민자 년보다 못하니….
순옥	또 비교하시는군요. 민자는 계집애예요. 고고장에서 카운터 보는….
준석	경리라 불러? 직업에는 귀천이 없어!
순옥	그래서 언제까지나 철구의 기를 꺾어 놓으시려고 그러세요?
준석	나, 걔 기 꺾은 적 없어.
순옥	그럼, 지금껏 한 건 뭐예요?
준석	경각심을 갖으라는 거지. 일테면 늘 깨어 있으라는….
순옥	인제 그만 좀 하세요. 모두가 세상 탓예요.
준석	가만히 있는 세상 탓하는 건 비굴한 짓이야. 세상은 단지 지켜볼 뿐이니까….
순옥	그게 억지 아녜요?
준석	억지는 탓만 하는 사람들의 궁색한 변명이야.
순옥	그래요! 당신이 모두 옳아요! 계속해서 하나뿐인 아들놈 박박 갈구시구려.
준석	갈구다니?! 내가 내 분신을 왜 갈궈?
순옥	그럼, 사랑도 하신다는 말씀이세요?
준석	물론이지. 어쩌면 당신 말이 맞는지 몰라. 녀석이 세상을 잘못 만났는지도….
순옥	그 말 진정이세요?
준석	그럼, 선착순은 늘 일등 했었지. 당신 생각나? 고 녀석

이 중1때, 당신과 내가 늦잠을 자는 바람에 지각하던 날 말이야.

순옥 생각나요. 그날 시청 트럭 타고 공공근로 가다가 학교 앞에서 내려줬었죠.

준석 맞아. 그때, 철구는 트럭에서 내리자마자 부랴부랴 교문에 들어섰었지.

순옥 맞아요. 때마침 트럭이 고장 나 제대로 구경했었죠.

준석 (신이 나서) 맞아. 녀석이 들어서자 고약하게 생긴 주번 선생님이 지각한 놈들을 일렬로 세우더니 그랬지?

순옥 저기 축구볼대까지 돌아오는데 선착순 한 명은 그냥 들여보내준다고!

준석 맞아! 그런데 우리 철구가 1등으로 들어 왔어! 자기보다 덩치 큰 녀석들을 제치고 말이야!

순옥 그래요. 너무도 당당하고 자랑스러웠어요. 우리 모두 만세를 불렀죠.

준석 (흥분해 두 손을 번쩍 들고) 그래! 저 애가 내 아들이야! 이 정준석의 아들놈이라고! (사이. 힘없이 손을 내리며) 그. 그런 놈이 어쩌다 저 모양이 됐는지⋯ 어디 선착순으로 취직시켜 주는 데 없나?

순옥 (한숨 쉬며) 그, 그러니까 말이에요.

준석 (애써 진정하며) 미, 민자는?

순옥 (맥이 빠져) 출근했어요.

준석 낮에 한숨 잤나?

순옥	글쎄요. 무슨 일이 있는지 몰라도 업어가도 모르게 자던 년이 뒤척이다 나갔어요.
준석	하기야 낮과 밤이 바뀐 생활이란 게 쉽지 않지… 조금만 기다리라고 해… 내가 왕발이라고 소문난 우리 소장님한테 민자 년 취직자리 부탁해 놨으니까.
순옥	식사하셔야죠?
준석	입맛이 없어.
순옥	밥심으로 사신다면서요?
준석	나도 이제 늙었나 봐. 자꾸만 맛 가림을 하니 말이야.
순옥	그럴 만도 하죠. 언제나 김치에 밥뿐이니… 생선 한 마리 구워드릴까요?
준석	고양이한테 한 마리 도둑맞았다면서?
순옥	그래도 당신 드릴 건 있어요.
준석	일없어. 그냥 김치에 밥 줘.
순옥	아. 알았어요. (생선 바구니를 통째로 들고 부엌으로 들어간다)
준석	(담배를 피워 물며) 빼앗긴다는 건 수치야… 암 그렇고말고… 당장 잡아야지… 고양이 아니 호랑이라도 잡고 말 테야! (두 손을 불끈 쥐고 뒤꼍으로 돌아간다)

심각한 음악 흐르는 가운데 가끔 고양이 울음소리가 들린다.

암전.

제2장

아침을 상징하는 음악과 함께 여기저기서 고양이 울음소리 크게 작게 들리는 가운데 조명이 서서히 들어오면 준석 판자 담 밑에 쪼그려 앉아 톱으로 판자를 자르고 있다. 중간쯤에 개구멍이 보인다. 고양이 통행로인 듯 여기저기에 잔털이 묻어 있다.

준석 (일손을 멈추고 객석을 향해 고양이 흉내를 내며) 하얀 솜털에 날카로운 발톱을 숨기고, 사뿐사뿐 다가와 기회를 엿보겠다. 요조숙녀인 양 다문 입은 엄청난 음모를 되새김질하며 만물의 영장의 뒤통수를 노리겠다. 하지만 네 입가에 묻은 비린내는 어찌하리오. 거짓으로 버무려 군둥내 나는 낙인은 어찌하리오. 천연덕스럽게 위장한 눈은 가증스럽게 빛나고, 깜박이는 윙크도 더는 애교일 수는 없다. 도둑고양이여! 내 그대에게 선전 포고를 하노라! 인간 정준석의 이름으로! (하며 개구멍에 판자를 대고 망치질을 한다)

이때, 작은 방문이 열리며 빛 바랜 운동복 차림에 목에 수건을 두른 철구(27세) 나온다. 아버지 준석을 닮아 날카로운 면은 있으나 오랜 실업자 생활로 의기소침한 모습이다. 그러나 아버지처럼 허리는 바로 세우고 걷는다.

철구 (나오며) 안녕히 주무셨어요?

준석	고양이한테 당했다는 생각에 화가 나 푹 자진 못했지만 그런대로 잔 셈이다. 넌?
철구	예. 잘 잤어요.
준석	(보며) 홀가분하니?
철구	또 무슨 말씀을 하시려는 거예요?
준석	내가 뭘?
철구	취직도 못 한 주제에 신세 늘어지게 잤단 말이지? 아녜요?
준석	비약이 심하구나.
철구	비약이라고요? 아부지 눈빛이 그렇게 말하고 있는데요?
준석	그건, 자격지심이다.
철구	전 하루하루가 미치겠어요.
준석	너 많이 약해졌구나.
철구	그럼, 제가 언제는 강했나요?
준석	넌 이제껏 선착순 내기에서 한 번도 등수 안에 안 든 적이 없잖아?
철구	어르고 따귀를 치실 심사이시군요.
준석	난 그렇게 간사하지 못하다. 진심이다. 난 그런 네가 늘 자랑스러웠다. 당당한 네 모습이….
철구	그건, 다 과거일 뿐이에요.
준석	과거라고? 넌 과거를 밑거름으로 미래가 탄생한다는 걸 모르는 모양이구나.
철구	부실한 과거는 미래도 없죠.
준석	그것 또한 부실한 모습이다.

철구 그럼, 저더러 어떡하라는 말씀이세요?

준석 지금, 네가 할 일은 뒤꼍에서 찬 샘물을 떠서 세수하고 오늘의 계획을 세우는 거다.

철구 아버지처럼요?

준석 지금 나의 목표는 고양이의 보급로를 차단하는 일이다.

철구 사방이 모두 보급로인데요?

준석 그렇긴 하지만 누구에게나 길목이란 게 있다. 자신도 모르게 길들여진 그런 곳이 말이다. 그곳은 무의식중에도 지나치는 곳이지.

철구 역시 수금사원다운 말씀이시군요. 길목을 막고 알력으로 밀어붙이는 식의….

준석 수금사원이라고 해서 알력으로 하는 것이 아니다.

철구 해결사들은 잘도 하던데요.

준석 그건, 잘하는 게 아니다. 폭력은 대가를 부르니까. 너도 신문 지상을 봐서 알 거다. 폭력은 결코 장구 직책은 못 된다. 처음에는 통할지 모르지만, 차츰 길들여져 악만 키워 맞서게 되니까.

철구 그래서 늘상 빈정대시는군요.

준석 내가 그렇게 비춰졌단 말이지?

철구 그럼, 그게 아니시던가요? 일종의 상대방을 질리게 하는 전술 같은 거….

준석 너 마음이 많이 꼬였구나. 최소한 오기라도 있는 줄 알았는데.

철구	오기라… 지금 반항을 말씀하시는 건가요?
준석	학창 시절에 넌 가난했지만 늘 당당했다.
철구	그건, 당당한 게 아니라 일종의 자포자기죠. 아부지로부터 물려받은 가난을 어린 나는 털어 버릴 수 없다. 그럴 바에는 막 가자는….
준석	네 말대로라면 지금도 다르지 않다고 보는데… 나한테 물려받을 것은 가난밖에 없으니….
철구	(씩씩거리며) 그만두세요!
준석	내 말이 틀린 거니?
철구	(버럭) 옳아요! 옳아요! 아버지는 언제나 다 옳다고요! (하며 뒤꼍으로 뛰어간다)
준석	(한숨을 내쉬며) 저, 저 녀석이 어쩌다 저렇게 됐지? (천정을 올려다보며 한숨을 짓는다)

이때, 부엌에서 행주치마에 손을 쓱쓱 문지르며 나오는.

순옥	(노려보며) 또 한바탕 하셨구려?
준석	(보며) 한바탕이라니? 그럼, 내가 자식 놈하고 싸우기라도 했단 말이야!
순옥	싸움이라고 할 수 없죠. 언제나 당신의 일방적인 승리로 끝나니까.
준석	당신마저 날 몰아세우는구려.
순옥	철구가 안쓰럽다는 생각이 안 드세요? 지금껏 가난에 덜

미가 잡혀 기를 못 펴고 살았다고요.

준석 그렇다고 난 방관만 하지 않았다고… 이 나이가 되도록 뼈 빠지게 일했다고… 제 놈 대학은 거저 나왔나!

순옥 하지만 당신은 어른이에요. 제발 내버려 두세요. 철구도 이젠 한두 살 먹은 아이가 아니잖아요. 지금 부단히 애쓰고 있다고요. (하며 평상 위에 있는 걸레를 들어 닦는다)

준석 (담배를 피워 물며) 알아… 하지만 난 흐리멍덩한 건 싫어.

순옥 (오기로) 그래요. 당신은 늘 확실해서 좋겠어요. 들어가 식사나 하자고요! (하며 평상에 걸레를 내팽개친다)

준석 지금 뭐하는 거야?

순옥 뭐하긴 뭐해요? 확실한 하루를 위해 식사나 하시라고요.

준석 (버럭) 도대체 왜들 이러는 거야?! 난 그럼, 입 꽉 다물고 쥐 죽은 듯이 있으란 말이야!

순옥 그, 그것이 아니라 애, 기 좀 살려 달라는 거죠. 그게 그렇게 어려워요?

준석 (애써 진정하며) 어떻게 하는 게, 기를 살려주는 건데?

순옥 그냥 놔두는 거요.

준석 그러다 녹슬어 부서지기라도 하면?

순옥 철구, 그 정도로 약하지 않아요. 당신의 아들이잖아요.

준석 당신은 세상을 너무도 모르는군. 나이를 헛먹었어.

순옥 그건, 또 무슨 말이에요.

준석 요즘 세상을 너무도 몰라….

순옥 요즘 세상은 어떤데요?

준석　이 사람아! 기름을 잔뜩 칠하고 날을 세우고 있어도 부식
　　　되는 세상이야.

순옥　아무리 그래도 가난에 멍든 인생은 쉽게 무너지지 않아
　　　요. 우리가 그렇듯이….

준석　하기야 잡초는 생명력이 길지. 죽을 것 같으면서도 용을
　　　쓰며 버티니까….

순옥　고로 우리는 잡초예요. 철구도….

준석　좋아 당분간은 상관하지 않기로 하지…. 이제 됐나?

순옥　그게 정말이에요?

준석　아직도 날 모르나? 난 지금껏 약속을 어긴 적이 없어. 지
　　　금까지 수금쟁이로 살아남은 것도 고객들의 결제 약속 날
　　　짜를 한 번도 어긴 적이 없었기 때문이야. ‘우리 아저씨,
　　　봉급날이 25일이에요. 그때 오세요?’ ‘돌아오시는 시간이
　　　언젠데요?’ ‘월급을 받았으니까 끼리끼리 모여 한잔하다
　　　보면 자정은 족히 되어야 할 거예요. 그러니까 그 시간에
　　　맞춰 오세요.’ 그러면 난 찐빵을 사 들고 그 집 앞에서 죽
　　　치곤 했지. 수시로 그 집 주변을 배회하면서 말이야. 왠지
　　　아나? 나 모른 쥐구멍으로 슬그머니 들어가 버릴지 모르
　　　니까….

순옥　그럼, 그 사람들이 쥐새끼라도 된단 말씀이세요?

준석　일단 난 그렇게 봐. 그런 사람들은 보통, 악덕 채무자로 이
　　　리저리 교묘하게 개구멍을 찾거든….

순옥　그렇다면 당신은 쥐를 쫓는 고양이시겠구려?

준석 그런 셈이지. 살금살금 다가가 덜미를 물어야 할 때가 더 많으니까.

순옥 (한숨을 내쉬며) 장하시네요… 그건 그렇고 언제까지 그렇게 계실 거예요? 오늘 출근 안 해도 돼요?

준석 술집 나가는 아가씬데 오전 10시에 퇴근하니까 그때 오면 결재를 해준다고 하더군… (손목시계를 보며) 아직 3시간 가량 남았군. 이것마저 막고 나가면 되겠군.

순옥 그럼, 난 들어가서 밥 차릴 테니까 빨리 끝내고 들어오세요. (부엌으로 들어간다)

준석 알았어. (개구멍에 판자를 대고 못을 박는다)

이때, 목에 수건을 두른 철구, 뒤꼍에서 살금살금 나와 방 쪽으로 다가간다.

준석 (시선은 여전히 판자에 둔 채) 고양이는 목표물을 향할 때 숨소리마저 깨문다.

철구 (노려보며 날카로운 고양이 울음소리) 야옹!

준석 (히죽 웃으며) 녀석! 위태로운 담장 위에 서 있으면서도 허세를 부리는 철부지 고양이 같구먼….

대문이 슬그머니 열리면서 민자(24세) 비틀비틀 들어선다. 어머니 박순옥으로부터 가정교육을 철저하게 받은 참한 아가씨나 갈수록 힘든 세파에 찌들어 방황한다. 그러나 결코 무너지지 않는

저력을 가진 당찬 아가씨다.

준석　(힐끔 보며) 술을 마신 게로군?

민자　(발길을 멈추고) 그럼, 가만히 앉혀놓고 돈을 주는 줄 아세요.

준석　(일손을 놓고 일어나며) 하지만 넌 호스티스가 아니다.

민자　술집에 그런 구분이 있던가요?

준석　(노려보며) 그럼? 너?!

민자　언니들이 밤새 과음해 늦게 오거나 결근하면 대리 근무라
　　　는 게 있어요.

준석　(놀라) 뭐야!

민자　하지만 너무 비약하지 마세요. 저 그렇게 헤픈 애가 아니
　　　니까요.

준석　안 되겠다. 서둘러 새 일자리를 알아봐야지.

민자　(빈정대는) 그, 그러세요? 어디서나 쌍수 합장하고 기다리고
　　　있을 테니까… '어서 오십시오! 아가씨! 우리 회사에 제발
　　　근무해 주세요?!'

준석　너 지금 이 애비를 비난하는 거냐?

민자　(정색하며 은근히) 제가 감히 아빠를 어떻게… 그럼, 아바마
　　　마 소녀 이만 물러가겠사옵니다. (치마를 양손으로 늘인 다음
　　　고개를 조아리고 돌아선다)

준석　(바라보며 울먹울먹) 더없이 맑은 애였는데… (사이. 한숨과 함
　　　께) 왜 우린 모두 위태로운 담장 위에 서 있는 거지. 고양
　　　이처럼 스프링 같은 발바닥을 가지고 있지 않으면서…. (하

며 신경질적으로 망치질을 한다)

쓸쓸한 음악 비지
기회를 노리는 듯한 고양이 울음소리
조명 서서히 꺼진다.

암전.

제3장

쓸쓸한 음악과 함께 한가로운 고양이 울음소리가 간간이 들리는
가운데 조명 서서히 들어오면 순옥, 대문에 서서 밖을 한두 번 내
다본 다음 닫고 평상으로 다가와 철퍼덕하니 앉아 구슬을 꿴다.
그러나 일손이 더디기만 하다.

순옥   (일손을 멈추고 대문 쪽을 보며) 많이 늙었어… 허리도 예전과
비교해 많이 굽었고… 갈수록 처지는 어깨는 어떻고… 불
쌍한 사람….밖에서는 채무자들과 싸우느라고 고생하고
집에 돌아와서는 자식들과 전쟁이니… 나라도 잘해주면
좋으련만 왜 그리 되지 않는지… 잘해 주려 해도 뒤틀리
는 심사는 뭘까? 애정이 식은 걸까? 아냐! 지금도 저 양반
없는 세상은 생각하기도 싫어… 가엾은 사람… 생선 한

토막도 제대로 먹지 못하고… 어이고… 못난 양반…. (한숨을 내쉬며 시름없이 구슬을 꿴다)

이때, 고양이 담장 위에서 한가롭게 운다.

순옥 (담장을 째려보며) 앙증스러운 고양이 새끼! 너 지금 날 비웃는 거냐! 미물인 네가 감히 만물의 영장인 나를 비웃는 거냐고! (살며시 일어난다)

고양이 아랑곳없이 서서 운다.

순옥 (살며시 평상에서 내려서며) 야비한 녀석! 여유를 위장하는 위선이 가소롭구나. 하지만 난 이미 너의 권모술수를 다 알아! 네 아무리 여유를 과장해 시비를 걸어도 내 더는 너와 상대치 않으리라! 난 누가 뭐래도 만물의 영장이니까. (살며시 주저앉는다)

고양이 크게 작게 번갈아 운다.

순옥 (아랑곳없이 구슬을 꿴다)

이때, 방문이 열리면서 어슬렁거리며 나오는.

철구   아부지는 가셨어요?

순옥   (노려보며) 무정한 놈 같으니라고….

철구   어머니마저 왜 그래….

순옥   이놈아, 아부지 출근하시는데 나와서 배웅하면 어디가 덧
      나냐?

철구   거참?! 아부지를 몰라서 그래? 나만 보면 심지를 돋우시
      는 거 말이야?

순옥   그게 네가 미워서 그러냐? 네가 안일해질까 싶어서 노파
      심에서 그러시는 거지.

철구   나도 알아. 하지만 아부지만 보면 나도 모르게 욱해지는
      데 어떡해!

순옥   그래도 네 아부지한테 그러면 못 쓴다. 말이 나왔으니까
      말인데 네 아부지 평생을 처자식만 바라보고 사신 분이
      다. 여태까지 자신을 위한 것은 아무것도 없다. 큰마음 먹
      고 고기라도 상에 올릴라치면 오로지 너희들 먹이려고 온
      갖 핑계를 대며 거절해 결국에는 너희에게 먹이신 분이
      야. 근데 니들이 아부지를 위해 한 게 뭐냐? 아부지 담배
      한 갑이라도 사 드려봤냐?

철구   생각은 했었어요.

순옥   뭐야! 생각은 했다고?

철구   진심이에요. 저번에 노가다 했던 날도 그랬어요. 일당을
      받아든 순간 무엇부터 생각한지 알아요?

순옥   (말없이 쳐다본다)

철구 어리석게도 어머니 아부지 속옷 한 벌씩 사드리려고….

순옥 그래서?

철구 속옷 가게까지 갔어요. 하지만 사지 못했어요. 들어서려는 순간 아부지 얼굴이 떠올라서요. 아부지는 그렇게 말하고 있었어요. 네가 지금 제정신이냐고….

순옥 그래서?

철구 나오고 말았지요.

순옥 아부지가 그렇게 두려우냐?

철구 나. 나도 모르겠어요. 자꾸만 그래져요. 안 그래야겠다고 생각했다가도 아부지 얼굴만 보면 숨이 막힐 것 같아요. 가슴도 마구 뛰고….

순옥 옛날에는 안 그랬잖아? 남들이 부러워할 정도로 다정했잖아?

철구 저도 그 시절로 돌아가고 싶어요. 그때는 늘 아부지가 그리웠거든요. 아부지는 늘 우리를 감싸 주셨으니까요. 그 어렵던 시절에도 다른 애들은 굶어도 아부지는 우릴 단 한 번도 굶기지 않으셨으니까요. 그래선지 난 늘 아부지가 자랑스러웠어요. 애들이 부러워했으니까요. 그래서 난 늘 아부지를 기다렸었어요.

순옥 그런 네가 어쩌다?

철구 몰라서 그러세요? 그건 다 내가 밥값을 못하기 때문이라고요….

순옥 너 이제 보니까 마음이 단단히 위축됐구나.

철구 그래요! 지금 내 소원이 뭔지 알아요, 어떻게 해서든 돈을 벌어서 떳떳하게 안겨 드리고 소리쳐 웃고 싶다고요.

순옥 아부지는 너에게 돈을 바라는 게 아니다.

철구 그럼, 뭐예요?

순옥 네가 너답게 자신 있게 사는 거 보고 싶어 하실 뿐이다. 알고 보면 네 아부지만큼 불쌍한 양반도 없다. 가난한 집구석에서 가난을 달고 나와 자신만은 어떻게 해서라도 자식들한테만은 가난을 물려주시지 않으려고 평생을 일만 하신 분이다. 네 아부지가 이제껏 단 하루라도 쉬신 걸 본 적이 있니?

철구 (한숨을 내쉬며) 어, 없지요. 늘 아부지는 밖에만 계셨으니까….

순옥 하. 하지만 이, 이제는 네 아부지도 많이 늙으셨다. 갈수록 기운이 없어 봬….

철구 (울먹이며) 그만 나가 봐야겠어요.

순옥 제발 만사에 자신감을 가져라. 나도 너의 당당한 모습을 보고 싶구나.

철구 (돌아서며) 아. 알았어요.

순옥 오늘도 늦는 거니?

철구 아녜요. 동철이랑 만나기로 했어요.

순옥 동철이는 왜? 회사 일이 바쁘다면서?

철구 걔가 다리를 놔 주기로 했어요.

순옥 가능성은 있는 거니?

철구 사원 모집을 하는데 선착순으로 한데요?

순옥 (얼굴이 밝아지며) 그래! 그럼, 네가 틀림없이 되겠구나?

철구 저도 그러길 바래요. 이 지긋지긋한 생활 좀 청산하게….

순옥 걱정하지 마라. 넌 누구보다도 착하니까 잘 될 것이다.

이때, 잠옷 차림으로 하품을 하며 나오는.

민자 (배를 쓸어내리며) 아이고, 속 쓰려… 엄마 국은 끓여 놨어?

철구 (힐끔 보며) 당당하구나!

민자 못 할 것도 없지… 내 직업은 집안의 적극적인 내조가 없이는 불가능하니까….

철구 부. 부럽구나….

민자 그럼, 오빠도 우리 회사 취직시켜줄까? 내 특별히 영업부장님한테 부탁해서 특채로 뽑으라고 할 테니까? 그러면 최소한 웨이터라도 써 줄 거야?

순옥 (노려보며) 미. 미친년! 네 오빠를 어떻게 보고!

민자 뭐가 어때서? 우리 회사 웨이터 중에 대졸자도 수두룩해! 게다가 아부지한테 안 뵈여서 좋잖아!

순옥 이년아! 니 아부지는 니들 뵌 적 없어! 그러니 헛소리 작작 하고 들어가 국이나 처먹어!

민자 (버럭) 근데 왜 아침부터 욕이야!

순옥 이년아, 그럼, 내가 욕 안 하게 생겼냐? 이건, 회사에 다니는 게 아니라 허구한 날 술 처마시러 다니니….

민자	(노려보며) 내가 좋아서 마시는 줄 알아? 나도 미치겠다고!
순옥	그럼, 회사 것들이 가만히 있는 너를 붙잡고 술을 꾸역꾸역 처먹인단 말이냐?
민자	꼭 그런 것은 아니지만 요즘 경제가 어렵다 보니 회사를 위해선 나 몰라라 할 수 없다고….
순옥	그건, 무슨 말이냐? 회사 사정이 어려우니까 네, 돈이라도 술을 처마셔 매상을 올려야 한단 말이냐?
민자	(가슴을 치며) 아이고, 답답한 거! 그. 그것이 아니라. 일단 제 발로 들어온 손님은 놓치지 말아야 한다는 거지.
순옥	(버럭) 뭣이라고! 그럼, 네가 경리가 아니라 술집 가시내 역할도 한단 말이냐?
민자	(가슴을 치며) 아이고… 관둡시다… 아침부터 골패기가 싫으니까.
순옥	이년아! 관두긴 뭘 관둬! 그 말이 사실이냐?
민자	(버럭) 고것이 아냐!
순옥	(울먹이며) 절대로 그래선 안 된다… 여자는 뭐니 뭐니 해도 처신 잘하고 있다가 시집가는 것이 최고다!
민자	누가 아니래! 그 말, 귀에 못이 박히도록 들어서 알아! 그러니까 괜한 오버하지 마… 누가 뭐래도 나 그렇게 헤픈 가시내 아냐!
철구	(슬그머니 일어나며) 나 그만 가봐야겠구먼….
순옥	아이고, 상을 차려야지! 철구야 조금만 기다려라…. 내 금방 차려 놓고 부를게….

철구 아녜요. 생각이 없네요. 좀 있으면 점심때니까 그때 맛있게 먹을래요.

순옥 그래도 조금 뜨고 가… (하며 서둘러 부엌으로 들어간다)

철구 (민자를 보며) 수고가 많구나… 그만 들어가 식사해라.

민자 오빠! 잠깐만!

철구 (돌아본다)

민자 (다가와 주머니에서 봉투를 꺼내 철구의 주머니에 넣어주며) 얼마 안 되지만 취직자리 알아보는 데 써!

철구 이. 이거 번번이….

민자 미안해하지 마! 나중에 오빠가 잘돼서 나 용돈 주면 되잖아.

철구 그래, 고맙다. 그때 이 오빠가 제대로 한턱낼게… 그럼, 간다. (손을 들어 보이고 대문을 나선다)

민자 (평상에 철퍼덕하니 앉아 한숨을 내쉰다)

순옥 (소리 버럭) 야! 이년아! 빨리 기어들어와 밥 안 처먹을래?

민자 (버럭) 아, 알았어! (슬그머니 일어난다)

이때, 담장 밑에서 뻐꾸기 울음소리가 들린다.

민자 (안절부절 주위를 살피며) 못 찾겠다!

춘식 (담에 얼굴을 내밀며) 꾀꼬리! (얼굴에 장난기가 묻어 있다. 오춘식 (40세) 어수룩하게 보이나 실속 있는 노총각. 나름대로 순정을 간직한 사나이다)

민자   (째려보며) 무슨 일이야! 야간 근무하려면 푹 자야지! 왜
       왔어?

춘식   그대 생각에 당최 잠이 와야지….

민자   놀고 있네.

춘식   놀다니 나 안 놀았어!

순옥   (소리 버럭) 민자야! 이년아! 뭐해! 내가 몇 마디 했다고 삐
       졌냐?!

춘식   (대문으로 다가오며) 자. 장모님이 계셨구먼. 그럼, 인사드려
       야지! (들어오려 한다)

민자   (막아서며) 지금 뭐 하는 짓이야! 누구 맞아 죽는 꼴 보고 싶
       어서 그래?

춘식   어째서?

민자   우리 엄만, 술집의 '술'자만 들어도 두드러기가 나는 사람
       인데, 웨이터 조용필이라고 하면 온전할 것 같아. 그러지
       않아도 오늘 말 잘 못 했다가 하마터면 머리카락 다 뽑힐
       뻔했다고!

춘식   그라믄 우리의 불타는 사랑을 언제까지나 어둠 속에 묻어
       두자는 말이여!

민자   불타는 사랑 좋아하시네… 좌우지간 빨리 가… 그러다 보
       면 세월이 약이겠지.

춘식   시방, 송대관이 노래나 부르라는 야그여?

민자   (노려보며) 거참! 지금 농담 따먹기 할 때가 아니라 해도 그
       러네!

30

춘식 아… 알았어… 나가 송대관이 운운한 것은 급할수록 쉬어 가더라고 조크 한마디 한 거여! 그람, 지녁에 보더라고….

민자 (가슴을 치며) 어유! 어유! 그날 술만 안 취했어도 저 인간한 테 한 방 안 맞는 건데….

순옥 (소리 버럭) 너 정말 삐진 거야!

민자 (급하게) 아, 아냐! 지금 들어가! (하며 후닥닥 부엌으로 들어간다)

쓸쓸한 음악 비지.
앙탈을 부리는 듯한 고양이 울음소리
조명 서서히 아웃 된다.

암전.

제4장

청승맞은 유행가와 함께 찍찍거리며 천정을 질주하는 쥐 소리와 뒤쫓는 고양이 울음소리가 들리는 가운데 조명, 서서히 들어오면 오춘자의 집이다. 오춘자(34세). 직업은 술집 마담으로 이십 대 때 는 날렸으나 삼십 대 접어들면서 밀려 과붓집 마담으로 근근이 살 아간다. 나이에 걸맞지 않게 세상 풍파를 다 겪어 막가파식으로 산다. 자취집도 그의 성격이 말해주듯이 담장과 집을 연결한 빨랫 줄에 란제리. 꽃무늬 팬티. 스타킹 등이 어지럽게 널려있고, 담에는 빛바랜 빨간 담요가 널어져 있다. 그리고 평상에는 철 지난 주간지가 아무렇게나 펼쳐져 있다. 그 위에 그녀의 기둥서방인 조방세(40세)가 술에 취해 자고 있다. 주위에 소주병이 뒹굴고 있다. 방세는 건달로 술집 여자들의 등을 처먹고 사는 인간쓰레기다. 그래도 술집 여자들이 넘어가 주는 것은 같은 아픔을 보듬고 살아가기 때문이다.

방세　　(어설프게 코를 곤다) 드르릉….

대문 노크 소리.

준석　　(조심스럽게) 계십니까? (오른쪽 어깨에 낡은 가죽 장부 가방을 메고 있다)

방세　　(아랑곳없이 뒤척인다)

준석　　(문을 밀치고 들어오며) 박춘자 씨!

방세　　(아랑곳없이 반대로 뒤척인다)

준석　　(다가서며) 실례합니다.

방세　　(다시 반대편으로 돌아눕는다)

준석　　(반대편으로 다가서며) 실례합니다. 박춘자 씨 방에 계십니까?

방세　　(갑자기 신문을 박차고 일어나며) 시팔! 왜 단잠을 깨우고 지랄이야!

준석　　(침착하게) 전 지금 지랄하는 게 아니라 춘자 씨에 관해 묻고 있는 겁니다.

방세	(일어나 노려보며) 당신이 뭔데 남의 여편네는 찾고 난리야!
준석	(한숨을 내쉬며) 저, 전….
방세	(다가서며) 화대는 치렀는데 아직 콧뱅이도 보이지 않아. 열 받았다 이 말이야!
준석	(침착하게) 난 고따위 것과는 거리가 먼 수금사원입니다.
방세	수금사원이라니? 어느 파에서 나왔어?
준석	전 그런 데서 온 것이 아니라 춘자 씨가 할부로 구입한 화장품 대금을 6개월이 넘도록 결재를 해주지 않아서 직접 받으러 온 것입니다.
방세	(평상에 걸터앉아 담배를 피워 물며) 그. 그런 거라면 날 샜어!
준석	하지만 오늘 10시에 결재를 해주시겠다고 약속을 하셔서 이리 방문 한 것입니다.
방세	뭐라고! 고년이 결재해 주겠다고 했다고?
준석	그렇습니다. 분명히 저랑 약속했습니다.
방세	(히죽 웃으며) 약속이라? 술집 년한테도 약속이 있었던가?
준석	너무 매도하시는 것 아닙니까?
방세	(담배를 바닥에 팽개치고 짓이긴 다음) 당신 나이를 헛먹었구먼… 이 양반아! 고년들의 약속은 술주정이야!
준석	그야 본인을 만나보면 알겠죠? 지금 집에 있습니까?
방세	날 보면 몰라. 난 당신보다 더 급해! 그년을 믿다가 벌써 사흘을 굶었다고… 쏠 돈이 여기저기 한두 곳이 아닌데… 알겠어! 이 한심한 영감탱아!
준석	(노려보며) 뭐야! 한심한 영감탱이!

방세   그럼, 영감이라고 하니까 똑똑한 변호사라도 되는 줄 알아!

준석   (우르르 다가와 멱살을 잡으며) 그래도 이 자식이 누굴 속이려 들어! 이 쓰레기 같은 놈아!

방세   (버럭) 뭐야! 쓰레기?! 이 영감탱이가 죽으려고 환장했나!

준석   (멱살을 잡아 흔들며) 그래 환장했다. 이 시궁창보다 못한 인간아! 나이도 어린놈이 순전히 반말을 지껄이는 건 참을 수 있다. 하지만 날 기만하는 건 참을 수 없어!

방세   기만하다니? 그건 무슨 말이야!

준석   (노려보며) 지금 방에서 잠자고 있는 걸 모르는 줄 알아?!

방세   글쎄 없다니까?

준석   그렇다면 저기 신발은 뭐냐? 거기다 방문도 빼꼼 열려있고! (멱살을 끌어 팽개치고, 방문을 활짝 열어젖힌다)

방세   (안절부절 어쩔 줄 모른다)

속옷 차림의.

춘자   (놀라 담요를 끌어안으며) 어머머! 노크도 없이 남의 방문을 활짝 열어요!

준석   놀라지 말아요. 난 약속을 지키라는 것뿐이니까.

방세, 춘자의 눈치를 살피며 어쩔 줄 모른다.

춘자   (노려보며) 아이고, 쓰레기 같은 인간, 그것 하나 처리 못 하고 남의 단잠을 깨워… 아이고, 저런 버러지를 기둥으로 삼은 내가 미친년이지. 미친년이야…. (가슴을 친다)

방세 (변명) 노인네라 함부로 못 하겠더라고….

춘자 (버럭) 시끄러워 인간아!

준석 저 사람을 탓할 거 없습니다. 이 분야에 종사한 지 오래다 보니 이제는 눈빛만 봐도 지금 저 사람이 무슨 음모를 꾸미고 있구나? 것쯤은 알죠… 약속대로 시간에 맞춰 왔으니까 오늘은 틀림없겠죠?

춘자 약속이라뇨?

준석 설마하니 오늘 결재해 주시기로 한 거 잊지는 않으셨겠죠?

춘자 (그제야 생각난 듯) 또 그 화장품 값이요?

준석 제대로 기억하시는군요.

춘자 그럼요. 내가 그 화장품 때문에 얼마나 속이 상했는데요.

준석 (장부를 꺼내 들고 입구에 다가서며) 몇 달 치를 결재해 주시겠습니까?

춘자 지금 결재가 문제가 아녜요.

준석 그럼 뭐가?

춘자 외판원 그 사기꾼 가시내한테 속아 얼굴에 기미만 생겼으니 일단 고년을 데려오세요?

준석 (아랑곳없이) 무슨 말씀하십니까? 곱기만 하신데… 어떻게 하시겠습니까? 일시불로 주시면 더없이 고맙겠습니다만 형편이 어려우시다면 두 번으로 나눠주셔도 되고요.

춘자 (버럭) 아저씨! 내 말 안 들려요?

준석	지금 듣고 있습니다. 몇 개월 가능하시겠어요.
춘자	그게 아니라 외판원 고년을 잡아 오기 전에는 한 푼도 못 준다니까요.
준석	이미, 6개월이 지났습니다. 그 화장품도 이미 다 떨어졌을 거고요. 게다가 전 수금사원이라서 그 외판원 행방은 모릅니다. 그러니 이해해주셨으면 합니다.
춘자	그럼, 나 몰라라 해도 된다는 말씀이세요?
준석	나 몰라라 하는 게 아니라 사실을 말씀드리고 있는 겁니다. 그 외판원은 우리에게 연체 장부만 넘기고 갔으니까요.
춘자	그렇다면 저도 결재를 못 하겠어요.
준석	이러시면 곤란합니다.
춘자	그 화장품 때문에 내 얼굴이 이 모양 됐는데두요?
준석	무슨 말씀하십니까? 제가 보기에는 곱기만 한데요? 아직 20대 초반이라고 해도 믿겠습니다.
춘자	그런다고 해서 제가 넘어갈 것 같아요?
준석	그렇다면 저도 아가씨 곁을 떠날 수가 없습니다. (문턱에 걸터앉는다)
춘자	저, 잘 건데요? 그것도 발가벗고….
준석	그동안 무료로 보초를 서 드리죠.
춘자	혹시 딴생각 있으신 거 아니에요?
준석	전 그 정도로 마음이 여유롭지 않아요.
춘자	그렇다고 남성마저 상실한 건 아니죠?

준석	그 말은 제가 덮치기라도?
춘자	아저씨도 남자잖아요. 일명 늑대?
준석	그것도 마음이 움직여야죠.
춘자	그럼, 제가 그럴 가치도 없단 말씀이세요?
준석	그것보다는 저의 목적은 수금이라는 거죠.
춘자	수금에 환장하신 분이군요.
준석	그래요. 그게 나의 삶을 지탱해주는 한 방법이니까요.
춘자	삶이라… 그렇게 생활이 어려우세요? (상의를 벗는다)
준석	그건, 아가씨보다 못할지 모르죠. 난 부양할 가족이 있으니까….
춘자	저도 저 인간이 있는데요. (춘자, 신문지를 덮고 누워 뒤척이는 방세를 가리킨다)
방세	(몸을 일으키려다 말고 다시 눕는다)
춘자	(노려보며) 병신? 그래도 귀는 밝아서… 이 얼간아! 그 순발력을 가운데 다리에라도 몰아봐라. 그래야 부양하더라도 억울하지 않지….
방세	(몸을 움츠린다)
준석	이쯤에서 그냥 해결해주심이 어떠시런지요?
춘자	글쎄, 그 사기꾼 년을 잡아 오기 전에는 절대로 못 준다니까!
준석	그럼, 저로서도 다른 방법이 없군요.
춘자	그럼, 결재를 제 몸이라도 대신 받으시겠다는 겁니까?
준석	몇 번 말씀드려야 알겠요. 전 여자의 몸 따위엔 관심이

없습니다.

춘자 공짜로 제공 한데도요?

방세 (신문을 살며시 들추고 준석을 본다)

준석 그, 그렇소. 어찌하시겠소? 결재를 못 하시겠다면 최후의 보류인 사고처리반에 넘길 수밖에 없습니다. 미리 말씀드리지만, 사고처리반의 해결사들은 지금 저처럼 농담 따먹기에 응해주는 것이 아니라 막 대한다는 걸 명심하십시오.

춘자 (노려보며) 그래서! 지금 날 협박하는 거야!

준석 협박이라뇨? 전 지금 어떻게 해서든 평화적으로 해결하려는 겁니다.

춘자 (이불을 젖히며) 그래도 이 영감탱이가! (브래지어와 팬티 차림으로 폼을 잡고 일어선다)

준석 왜 이러세요. 결재만 하면 간단합니다.

춘자 (멱살을 잡으며) 몇 번 말해야 알겠어! 사기꾼 고년을 잡아오기 전에는 못한다니까.

준석 (춘자의 몸에 손이 닿지 않게 바둥대며) 이것 놔요! 최소한의 예의는 지켰으면 합니다. 말이 나왔으니까 말인데 아가씨만 한 딸이 있습니다.

춘자 (막무가내로 흔들며) 그래! 나도 당신만 한 에비가 있어! 지금은 놀음에 미쳐 집구석을 나가 죽은 지, 산지 모르지만….

준석 (침착하게) 진정하세요. 이런다고 해결되지 않습니다.

춘자 (버럭) 갑자기 왜 꼬랑지는 내리고 그래! 또 사고처리반 운운하면서 협박을 계속하시지!

준석   난 사실을 말했을 뿐이요.

춘자   (더욱 흔들며) 그래! 얼마든지 연락해라! 연락해! 이래봬도 이 박춘자 산전수전. 공중전에 육박전까지 두루 마친 년이야!

준석   (더는 참을 수 없다는 듯) 그래서 이 늙은이를 어쩔 셈이요? 치기라도 하겠다는 거야! (하며 춘자의 손을 떼서 밀친다)

춘자   (이불 위에 넘어지며) 어! 영감이 쳤어!

준석   치다니! 내가 뭘?

방세   (버럭) 이, 이년이! (갑자기 신문을 걷어차고 벌떡 일어나 방으로 뛰어 들어가 춘자의 머리채를 잡아 밖으로 끌고 나와 다짜고짜 두들겨 팬다)

춘자   (버럭) 이, 이 새끼가 미쳤나? 시방 누구를 패! 밑구멍으로 돈 벌어 지금껏 먹여 살려놨더니 은혜를 모르고 누구를 패!

방세   (버럭) 조용히 해 이년아! 넌 인간도 아냐!

춘자   (악바리) 그래! 이 쓰레기 같은 놈아! 죽여라! 죽여! (거칠게 대든다)

방세   (버럭) 그래! 네 소원대로 죽여주지!

준석   (당황해 어쩔 줄 모르며) 이, 이거 왜 이러세요! 말로 하세요!

방세   (씩씩거리며) 아무리, 막가는 술집 년이라는 하지만 지 에비 같은 사람에게 너무하잖아요! 이런 짐승보다 못한 년은 뒈져야 마땅하다고요! (하며 마구 때린다)

춘자	(땅바닥에 뒹굴며) 그래! 잘한다! 죽여라! 죽여! (엉망이 된 얼굴을 쳐들고 마구 소리친다)
방세	그래 좋아! 그게 소원이라면 아예 보내주지! (하며 부엌으로 달려간다)
준석	(막아서며) 왜, 왜 이러슈? 제발 이성을 찾아요!
방세	저리 비켜요! 죽여 달라는 년은 죽여 줘야죠! (거칠게 밀치고 부엌으 로 들어간다)
춘자	(버럭) 그래! 제발 보내주라! 이 세상 더는 쪽팔려서 못 살겠다!
준석	(다가와서 달래며) 아가씨! 제발 진정하고 어서 피해요?! 이러다 진짜 죽어요!
춘자	(통곡하며) 내비도요! 이런 꼴을 당하고 사느니 차라리 죽는 게 나아요!
준석	제발 이러지 말아요. 목숨은 소중한 거요! (하며 간신히 일으켜 방안으로 밀어 넣는다)
춘자	(부엌을 향해 버럭) 이 쓰레기 같은 놈아! 내가 말린다고 쉽게 끝낼 줄 알아! 내 기필코 버러지보다 못한 네놈을 경찰에 고발해서 콩밥을 안 먹이면 사람이 아니다!

전화 다이얼 돌리는 소리
준석, 초조하게 방과 부엌을 번갈아 보며 안절부절 어쩔 줄 모른다.

춘자	(통곡하며) 여, 여보세요? 거기 경찰서죠? 여기 신림동 산

18번진데요. 저 지금 맞아 죽기 일보 직전이에요. 빨리 좀 와주세요. 빨리요!. (마구 신음소리를 낸다)

준석   (초조한 듯 담배를 피워 물고 부엌을 신중하게 살핀다)

방안에서 춘자의 앓는 소리가 들린다.

춘자   (신음) 아, 아이고… 아이고!

준석   (부엌으로 조심 다가가며) 아, 안 나오는 것 보니 이제야 이성을 되찾은 모양이구먼. (안도의 한숨과 함께 담배 연기를 내뿜는다)

춘자   (앓는 소리 더욱 크게 낸다)

이때 경찰 패트롤카사이렌 소리와 함께 경찰 1.2 들어온다.

경찰 1.2   (준석을 보며) 신고 받고 왔는데 누가 신고했습니까?

춘자   (신음과 함께 방문을 열며) 제, 제가 했어요?

경찰1   가해자는 어디 있습니까?

춘자   (노려보며) 어디 있긴 어디에 있어요? 바로 코앞에 있지!

경찰1   뭐, 뭐라고요? 이 영감이요!

준석   뭐야! 나라고! 나. 난 아니오! 가해자는 조금 전에 저 여자를 죽인다고 부엌으로 칼을 가지러 갔어요.

경찰1   (헷갈리는 듯 춘자를 보며) 맞아요?

춘자   (신음하며) 아녜요! 저 파렴치한 영감이 밀린 화장품값 수금 안 해준다고… 날 업어놓고 주먹으로 때리고 발로 차고….

준석   (어이가 없어 멍하니 쳐다본다)

경찰 1.2   (쳐다보며) 영감! 그렇게 힘이 좋아요? 도대체 뭐 하는 사람이요? 해결사요?

준석   (애써 침착하며) 아, 아니요. 평범한 수금사원입니다.

경찰1   근데 왜 폭행을 했습니까? 오라 가라 엿 먹인다고 팬 거요?

준석   (가슴을 치며) 그, 글쎄 저. 전 안 그랬어요! 저 여자 기둥서 방이라는 작자가 그랬다고요!

경찰1   그렇다면 그 작자는 어디 있어요?

준석   (애써 진정하며) 저 여자를 완전히 보내 버리겠다며 저기 부엌으로 흉기를 가지러 갔다니까요!

경찰1   그게 정말이요?

준석   그… 그렇다니까요?

경찰1   어이 박 순경 부엌에 가봐! 그 녀석 있는가?

경찰2   (머뭇거리며) 흉기를 가지러 갔다는데 혼자서요?

춘자   (신음하며) 무늬만 부엌이지. 아무것도 없어요.

준석   (노려보며) 그, 그렇다면 이것들이 짜고?!

경찰2   (아랑곳없이 춘자를 보며) 그게 정말이요? 부엌에 아무것도 없다는 게?

춘자   그… 그래요. 난 집에서 잠만 자니까요.

경찰2   그렇다면 안심하고 들어가 보지. (권총을 빼 들고 부엌으로 들어간다)

춘자   (일부러 계속해서 앓는 소리를 낸다)

경찰1　(보며) 구급차를 부를까요?

춘자　갈비뼈가 안 부러졌는지 모르겠어요,

경찰1　(준석을 노려보며) 영감, 정력제라도 먹었소?

준석　(가슴을 치며) 글쎄 내가 그런 게 아니라니까요. 저 연놈이 수금 안 해주려고. 짜고 이러는 거라니까요!

경찰1　그, 그거야. 박 순경이 고 녀석을 끌고 나오면 밝혀지겠지….

이때, 경찰 2, 빈손으로 투덜거리며 나온다.

경찰1　있어?

경찰2　있기는 개뿔이 있어요?

준석　그, 그럴 리가?!

경찰1　파렴치한 영감탱이 같으니라고. 현행범으로 연행해!

경찰2　제기랄 요즘은 노인네들까지 설치니 죽겠구먼! 갑시다!

준석　글쎄 난 아니라니까요?

이때, 대문이 후닥닥 열리며 들어서는

방세　(가쁜 숨을 몰아쉬며) 무. 무슨 일이야!

준석　너, 너는!

방세　(아랑곳없이 경찰을 보며) 도대체 무슨 일입니까?

경찰1　이 아가씨와는 어떤 사인데 그러십니까?

방세	약혼잡니다. 근데 무슨 일이죠?
경찰1	아 네. 약혼녀와 화장품 수금 관계로 다투다 저 양반이 화를 참지 못해 폭행한 듯싶습니다.
방세	(버럭) 뭐요! 우리 자기를 패요! (하며 우르르 달려와 준석의 멱살을 잡는다)
준석	(바동대며) 이 사기꾼 놈아! 이것 놓지 못해!
경찰	(고개를 갸웃거리며) 두 사람? 아는 사이요?
준석	예. 알아요! 이 작자는! 조금 전에 저 아가씨가 내 멱살을 잡고 흔드니까 아버지 같은 사람한테 싸가지 없이 군다며 무지막지하게 팬 그 작자라니까요!
경찰1	(춘자와 방세를 보며) 맞아요?
방세 · 춘자	(고개를 흔들며) 아녜요! 몰라요!
준석	(너무 어이가 없어) 니들 정말 이럴 거야! (칠 듯이 달려든다)
경찰2	(막아서며) 정말 끝까지 이럴 거요! 이러면 더는 인격적으로 대할 수 없습니다. 그 연세에 수갑을 차야 조용하시겠어요.
준석	(애써 진정하며) 아, 알겠소. 조용히 가겠습니다. 어차피 조사하면 다 밝혀질 테니까. (앞장선다)
경찰1	(춘자를 보며) 아가씨도 가시죠. 진술서를 작성해야 하니까.
춘자	네. 옷 갈아입고 금방 나갈게요.
경찰1	그래요. 그럼, 빨리 입고 나오세요. 밖에서 기다리고 있을 테니까.
춘자	예.

경찰 2, 준석의 등을 밀치고 대문을 나선다.

경찰 1, 뒤따라 나간다.

방세, 춘자 힐끔 보며 미소를 머금는다.

방세   (의기양양하게) 어때? 괜찮았어?

춘자   모처럼 만에 맘에 들었어.

방세   그렇다면 합의금의 4는 주겠지?

춘자   (노려보며) 3이야… 아니면 말고….

방세   아. 알았어. 그나저나 많이 뜯어내야 할 텐데….

춘자   (옷을 주섬주섬 입으며) 아무튼 화장품값은 일단 또이또이 될 거고. 이제 문제는 합의금을 얼마나 받아내느냐야! 그러니까 특별히 처신 잘해! 잘 못 해서 우리들의 별(전과)이 뜨면 만사가 도루묵이니까?

방세   그런 걱정이랑 붙들어 매… 이런 일을 대비해 민증도 완벽하게 위조해놨으니까… 자기 것 봤지? 오춘심으로 바뀐 거?

춘자   좀 더 고상한 이름을 가진 년으로 하지… 촌스럽게 춘심이가 뭐야?

방세   한가한 소리 하지 마… 그것도 겨우 날치기해서 만든 거라고….

경찰2   (소리 버럭) 뭐해요?! 안 갈 거요!

춘자   (안절부절) 아. 알겠습니다. 지. 지금 나. 나갑니다. (하며 후닥닥 대문을 나선다)

방세   (따라가며) 가, 같이 가! (후닥닥 뒤따라 나간다)

쓸쓸한 음악 비지 + 승리에 취한 듯 포효하는 고양이 울음소리.
조명 서서히 꺼진다.

암전.

제5장

쓸쓸한 음악과 함께 고양이 울음소리 간간이 들리는 가운데. 조명
서서히 들어오면 준석의 집. 시커먼 고양이 담장 위를 살금살금
지나간다.
조명 완전히 밝아지면 평상에 꿰다 만 구슬 바구니가 넘어진 채
구슬이 흐트러져 있다.
담 근처에서 발소리가 들리면서 동철(27세) 머리를 들이밀며 집안
을 살피고 있다. (이동철은 철구의 죽마고우로 의리는 있으나, 과
감성이 없다)

철구   (소리) 아무도 없냐?
동철   야. 뻔한 집구석 들어간다고 해서 별수가 있냐?
철구   (소리) 그, 그래도 이곳, 밖에 더 안전한 곳이 어딨어.
동철   그런다고 언제까지나 숨어 지낼 거야?

철구　(소리) 아무튼 있나 없나 잘 살펴봐!

동철　(한숨과 함께 둘러보며) 아무도 없어!

철구　(소리) 어머님은 계실 텐데….

동철　바구니가 넘어져 구슬이 흐트러져 있는 것을 보니, 집을 비우신 지 오래된 것 같아?

철구　(고개를 들이밀며) 아이고, 또 고양이 새끼들이 장난을 쳤구 먼… 그나저나 어머님은 어디 가셨지?

동철　혹시 다 꿴 구슬을 통장 아줌마댁에 갖다 드리러 가신 거 야냐? 우리 어머님도 오늘 갖다주신다고 하던데.

철구　그럼, 네 어머님도 통장님 댁에 갖다 드리니?

동철　물론이지. 수거차가 통장님 댁 앞에까지 밖에 못 올라오 니까.

철구　(한숨을 내쉬며) 드, 들어가자. (대문을 밀치고 들어온다)

동철　(따라 들어오며) 야! 이렇게 불쑥 들어와도 되는 거니?

철구　(태연하게) 어때?! 우리 집인데…. 아부지와 마주치지만 않 으면 돼. (평상에 걸터앉는다)

동철　(역시 걸터앉으며) 그럼, 너 부모님은 네가 영업사원이라는 걸 아직도 모르신단 말이야.

철구　(한숨을 내쉬며) 그럼, 수입도 못 올리고 빚만 잔뜩 졌는데 무 슨 낯으로.

동철　인마 그래도 그렇지. 뭔가 대책을 세워야지!

철구　인마 더는 어떻게 해! 집문서까지 물품 보증금으로 잡혀 날릴 판인데!

동철 (화난 표정으로) 그럼, 날 보증 세우고 얻어 쓴 사채 2백은 어떻게 할 거냐고?

철구 (안절부절 어쩔 줄 모르며) 나. 나도 모르겠어… (평상에 힘없이 주저앉는다)

동철 (다가서며) 지금 그게 할 말이야! 내일까지 갚지 않으면 해결사들이 찾아와! 박살 낼 판인데?!

철구 그보다도 우선 그 사기꾼 놈을 찾아야 해! (벌떡 일어난다)

동철 (가슴을 치며) 무슨 수로 그놈을 찾아! 마음먹고 사기 친 놈을 (사이 다가와 노려보며) 너 정말 어떻게 된 거 아니냐! 아무리 세상을 모르기로서니… 오십만 원짜리 매트를 칠십 만 원에 팔아준다는 말에 선뜻 빚까지 내 4장을 갖다줘야? 그것도 아무 데도 쓸모없는 차용증 한 장 달랑 받고?!

철구 (울먹이며) 나, 난 오로지 목돈을 잡을 수 있다는 생각에…. 제정신이 아니었어!…. (머리를 쥐어뜯으며 흐느낀다)

동철 (답답해 가슴을 치며) 그러면 이 바보야! 일단 나한테 상의는 했어야지! 그런데 뭐야? 아버님이 눈치를 채 빨리 둘러막아야 한다고 사기를 치고 급전을 얻어가야?

철구 (더욱 머리를 쥐어뜯으며) 그러니까 미친놈이 돼 버린 거지… 그나저나 아부지가 아시면 난리가 날 텐데 어떡하면 좋냐?

동철 이제 더는 어쩔 수 없어.

철구 그건 무슨 말이야.

동철 그 누님 사업에 동참하는 수밖에!

철구　그. 그건 그래도….

동철　그럼, 그렇지 않아도 복잡한 집구석에 풍파를 일으킬 거야?

철구　자식! 그때, 네가 피라미드를 하면 떼돈 번다고 꼬이지만 않았어도….

동철　그래서 죽은 아들 불알 만지자는 거야… 어떻게 할 거야? 할 거야 말 거야?

철구　정말로 그 여자 믿을 수가 있는 거야?

동철　인마! 그 누님이 화류계에서 잔뼈가 굵은 여자지만 계산 하나는 철저하다니까?

철구　그러다 잘못되기라도 하면?

동철　제기랄 나도 했다.

철구　야 그러면 네가 하지 그러냐?

동철　얼굴이 팔려서 안 써주니까 그러지?

철구　그래도 난 왠지 찝찔하다 야?

동철　그래 그러면 어쩔 수 없지. 해결사들에게 연락할 수밖에. (하며 돌아선다)

철구　(팔을 잡으며) 야야! 왜 그래….

동철　(돌아보며) 그럼?

철구　진짜 별 이상 없는 거지.

동철　글쎄 내가 보증한다니까.

철구　(머뭇거리며) 아, 아이고….

동철　인마! 빨리 결정해. 너 아니어도 하겠다는 줄 서 있으니까.

철구　(한숨을 내쉬며 두 손을 만지작거리며) 어. 어유.

동철	인마! 나도 그 짓이 좋아서 한 줄 아냐? 막다른 골목에서는 어쩔 수 없는 거야.
철구	그러다 잘못돼 쇠고랑이라도 차면….
동철	제기랄 구더기 무서워서 장 못 담그냐?
철구	그때는 인생 끝나는 거 아냐?
동철	그럼, 넌 언제까지나 이렇게 피 말리는 삶을 계속 살 거야?
철구	(한숨을 내쉬며) 아, 알았어. 연락해.
동철	알았어. 누님한테 좋은 조건으로 말할게! (하며 돌아선다)
철구	그래, 이게 나의 운명이라면 어쩔 수 없지.
동철	그래, 인마! 잘 생각했다. 이번에 한 건만 잘하면 기십만 원이 들어오니까 그거로 일단 발등의 불을 끄고 또 다른 방법을 연구해보자고… 야, 나 있지. 이 일 하고 오십을 받아 엄마 빨간 내복 한 벌 사드렸다.
철구	(묵묵히 쳐다본다)
동철	그러니까 엄마가 눈물을 흘리시면서 나의 두 손을 꼭 잡고 이러시더라. '아이고 우리 동철이 이제는 만사형통 하려는 갑다.'… 어디 그뿐인 줄 아냐. 밤새, 내복을 입었다 벗었다 하시더라… (하며 소리 죽여 운다)
철구	그래… 그동안 오죽이나 속이 타셨으면….
동철	(애써 눈물을 지우며) 아이고, 나 좀 봐. 쪽팔리게 계집애처럼 울고 있다.
철구	아냐. 나도 너와 같은 심정이야.
동철	제기랄, 갈수록 왜 이렇게 눈물이 많아지는지 모르겠다.

시팔. 한번 눈물을 흘렸다 하면 구멍 난 항아리라니까.

철구 그건, 나도 마찬가지야.

동철 그럼, 난 네가 허락한 걸로 알고 이만 가야겠다.

철구 점심이라도 먹고 가지?

동철 됐어. 누님한테 라면 하나 끓여달라지. (일어서 대문으로 다가선다)

철구 (보며) 도, 동철아….

동철 (돌아보며) 왜?

철구 (고개를 흔들며) 아, 아냐.

동철 자식 싱겁긴…. (돌아서 대문으로 다가선다)

철구 (일어서며) 도, 동철아!

동철 (돌아보며) 왜!

철구 아냐. 잘 가라고….

동철 그래 인마! 안 넘어지게 잘 갈게! (하며 대문을 꽝 닫고 나간다)

철구 (평상에 벌렁 누우며) 아이고, 모르겠다… 뭐가 뭔지… (벌떡 일어나 앉으며) 야냐! 어떻게 해서든 더 이상의 불행은 막아야 해! 더 이상의 불행은 죽음뿐이니까 그나저나 왜 이리 머리가 아프지! 도저히 안 되겠다 일단 방구석으로 기어들어가 한숨 자고 생각해봐야지! (일어나 방으로 들어간다)

잠시 후, 대문이 거칠게 열리면서 씩씩거리며 들어서는 순옥과 한숨을 쉬는 민자, 평상에 철퍼덕하니 주저앉는다.

순옥	(생각할수록 화가 난다는 듯) 영감탱이가 어디서 힘이 나서! 가시내한테 기마이를 부려!
민자	(한숨을 쉬며) 아빠는 하늘에 맹세코 안 그러셨다잖아.
순옥	(노려보며) 그런데 전치 3주가 나와야?
민자	아녜요. 이건 뭔가 냄새가 나요.
순옥	냄새가 나다니? 무슨 냄새가? (코를 킁킁거린다)
민자	그런 냄새가 아니라 뭔가 음모가 있는 것 같아….
순옥	음모라니?
민자	술집 여자들의 특유한 곤조가 있다는 거지?
순옥	곤조라니?
민자	일테면 누구 하나 걸리기만 해봐라. 봉을 뽑고 말테니까! 하는 것 말이야.
순옥	그럼, 어거지를 쓰고 있단 말이야?
민자	그런 것 같아. 우리 회사 황 언니도 만취가 되어 퇴근하다가 후진하는 차에 억지로 부딪혀 합의금으로 삼백만 원을 뜯어냈다니까.
순옥	뭐야! 그런 도둑년이 없구나! 그렇다면 요년도 기둥하고 짜고?
민자	그, 그런 거 같아.
순옥	그러면 당장 고발해야지!
민자	하지만 증거가 없잖아! 고년이 떡 되게 맞았는데도….
순옥	그러면 어떻게 해야 하나?
민자	어떻게 하긴 어떻게 해! 검찰에 넘어가기 전에 일단 합의

를 봐야지….

순옥　합의금 이백만 원은 어디서 구하고?

민자　(한숨을 쉬며) 어떻게 해서든 구해봐야지,

순옥　난 죽어도 능력이 없는데….

민자　내가 알아볼게….

순옥　(머리를 붙잡고) 아이고, 머리야! 아무래도 두통약 먹고 누워
　　　　야겠다. (하며 방으로 들어간다. 사이 버럭 소리) 아니! 이놈은 누
　　　　구야!

민자　(다가서며) 왜 그래!

순옥　(소리 버럭) 썩을 놈! 신세 한번 늘어졌구나! 빨리 일어나지
　　　　못해!

철구　(소리 투덜투덜) 도대체 왜 그래! 하도 피곤해서 들어와 한숨
　　　　붙이고 있는데…. (못마땅한 표정을 지으며 나온다)

민자　(어처구니없다는 표정으로 쳐다본다)

순옥　(나오며) 이놈아! 지금 네 아부지가 폭행범으로 몰려 감옥
　　　　에 가게 생겼는데 장남이라는 놈이 잠이 오냐! (훌쩍이며 돌
　　　　아앉는다)

철구　(영문을 몰라) 아… 아부지가 감옥에 가게 생겼다니?

민자　(한숨을 쉬며) 결재를 약속한 집에 수금하러 가셨다가 누명
　　　　을 쓰셨어.

철구　무슨 누명을?

민자　술집 여잔데… 아빠가 돈 안 준다고 두들겨 팼다고 고발
　　　　해 걸리셨다고….

철구 (믿기지 않은 듯) 말도 안 되는 소리 하고 있네. 우리 아부지 가 어떤 양반인데 사람을 패냐?

민자 그렇지만 목격자가 없고, 기둥서방이라는 놈까지 합세해 아빠를 몰아세우니… 영락없이 감옥에 가게 생겼다고….

철구 (버럭) 뭐야! 이런 쳐 죽일 것들이 없구먼! 어디야! 내 이것 들을 그냥! (양팔을 걷어붙이고 앞장선다)

민자 (막아서며) 안 돼! 그러면 더 불리해져! 오빠가 가서 멱살이 라도 잡을라치면 그들은 더욱 길길이 날뛰며 오빠마저 집 어넣으려고 할 거야!

철구 (한숨 쉬며) 그럼, 도대체 어떡해야 한다는 거야!

민자 지금으로서는 방법이 없어. 일단 합의해서 아빠부터 구하 는 수밖에….

철구 합의금이 얼만데….

민자 이백이야. 하지만 사정하면 오십 정도는 깎을 수 있을 거야.

철구 뭐. 뭐야! 정말 무서운 세상이구먼… 그래, 아부지는 뭐라 고 하시던?

민자 뭐라고 하시긴 몸으로 때우시겠다고 하시지….

순옥 (벌떡 일어나며) 그, 그래선 안 된다.

철구 (머리를 쥐어뜯으며) 정말 미치고 팔짝 뛸 일이구먼… 도대체 이 일을 어떡하면 좋아….

민자 너무 걱정하지 마… 직장 동료한테 급전을 부탁했으니까.

철구 그 많은 돈을 어떻게?

민자	오다가 회사 영업 부장님한테 전화했으니 지금쯤 구해서 올 거야.
순옥·철구	하지만 그렇게 많은 돈을 구할 수 있을까?
민자	그 사람은 가능해.
순옥	부잔가 보구나?
민자	부자라기보다는 좀 가지고 있어. 아직 노총각인데 오로지 돈 모으는 재미로 사는 사람이야.
순옥	몇 살이나 먹었는데?
민자	조, 조금, 나랑 한 십삼 년 차이밖에 안 나!
순옥	이년아! 그게 적은 거냐? 너 혹시?!
민자	(당황해) 아, 아냐. 엄만 날 어떻게 보고 그래… 내가 그런 노인네와 사귈 것 같아.
철구	(은근히) 그, 그래도 진실하다면야….
민자	사. 사람 하난, 지, 진국이야.
순옥	그래도 안 된다. 술집에서 일하는 놈이라면 불을 보듯 뻔해!
민자	(눈을 흘기며) 누, 누가 뭐래….

이때, 담장 근처에서 인기척이 나더니 난데없이 뻐꾸기 우는 소리가 들린다.

춘식	(입으로 뻐꾸기 소리) 뻐꾹! 뻐꾹!
순옥	(두리번거리며) 복잡한 도시에 무신 정신 나간 뻐꾸기 소리

라냐?

민자	(안절부절 어쩔 줄 모른다)
춘식	(담장에 슬며시 고개를 내밀며) 못 찾겠다!
순옥	(노려보며) 저건 또 뭐야!
민자	(안절부절) 그, 글쎄….
춘식	(민자에게 아랑곳없이 손짓하며) 못 찾겠다.
순옥	(다가서며) 아저씨! 도대체 뭘 잃어버렸기에 못 찾겠다는 거요!
춘식	(아랑곳없이 손짓하며) 모, 못 찾겠다!
철구	(노려보며) 저 인간 맛이 간 인간 아니야!
민자	(더는 못 봐주겠다는 듯이) 쇼! 그만하고 들어와!
춘식	(그제야 고개를 끄덕이고 대문으로 들어온다)
순옥·철구	(보며) 아는 사람이냐?
민자	(애써 침착하며) 내가 말한 그, 그 사람이야. (춘식을 보며) 이, 인사드려. 엄마와 오빠야….
춘식	(웨이터 식으로) 안녕하십니까? 넘버원 조용필입니다.
순옥	조용필이라니? 그러면 업소 가수란 말이여?
민자	(가슴을 치며) 어유! 어유! 여기가 가게야! 완전히 놀고 있구먼….
철구	(보며) 민자야 가수 맞냐?
춘식	(나서며) 가수가 아니고, 저의 닉네임입니다.
순옥	닉네임이라니?
철구	저 양반, 별명이랍니다.

춘식　(두 손을 앞으로 모으고 고개를 조아리며) 앞으로 많이 불러주십시오. (인사를 90도로 한다)

순옥·철구　(당황해 물러서며) 아, 네….

민자　(가슴을 치며) 아이고….

춘식　(아랑곳없이) 앞으로 우리 업소를 찾아주시면 VIP로 모시겠….

민자　(재빨리 입을 가로막으며) 도, 돈은 가져왔어?

춘식　(민자의 손을 털어내고 목에 힘주며) 그럼, 누구의 부탁인데….

민자　(새침하게) 그럼, 이리 줘.

춘식　(명랑하게) 옛 썰! 미래의 나의 사모님!

순옥　미래의 나의 사모님이라니? 민자야! 저 사람 말이 무슨 말이냐?

춘식　(주책없이) 사모님! 아니 장모님! 그러니까 민자 씨는….

민자　(다시 춘식의 입을 막으며) 아, 아무것도 아냐… 지금 이 사람이 장난치는 거야… (순옥의 손을 잡아끌며) 빨리 가… 아빠 기다리시겠어! (서둘러 대문으로 향한다)

춘식　(주책없이) 민자 씨! 그럼, 난 처남하고 뒤따라갈게! (철구를 보며) 처남 가시지요! (웨이터 식으로 인도한다)

철구　(어안이 벙벙해 따라간다)

코믹한 음악과 함께 쥐 울음소리 들리면서 조명 서서히 꺼진다.

암전.

제6장

서글픈 음악과 함께 담장 위의 고양이 청승맞게 우는 가운데, 조명 서서히 밝아 오면 평상 위에 구슬 바구니가 흐트러진 채 넘어져 있고, 평상 끝에 준석, 넋 나간 표정으로 쪼그려 앉아 천정을 올려다보며 담배를 피우고 있다.

준석　(울먹이며) 나. 난 안 그랬어. (흐느끼며) 난 안 그랬다고…. (양 다리 사이에 얼굴을 묻고 흐느낀다)

이때, 부엌문이 열리며 순옥, 쟁반에 대접을 받쳐 들고 들어온다.

준석　(재빨리 담뱃불을 끄고 일어나 눈물을 훔친 다음 천정을 올려다본다)

순옥　(다가서며) 아, 알아요. 당신은 안 그랬어요. 누가 뭐래도 난 당신을 믿어요. 당신은 절대로 그럴 사람이 아녜요. 지금껏 주먹 한번 휘두른 적이 없잖아요.

준석　(애써 눈물을 삼키고 떨리는 손으로 새 담배를 빼 문다)

순옥　(다가와 준석의 윗주머니에서 라이터를 꺼내 불을 켜 내민다)

준석　(떨리는 손으로 담배를 라이터에 댄 다음 불을 붙인다)

순옥　(한숨 쉬며) 다 세상이 잘못 돌아가는 탓이죠. 피해자가 범인이 되는 세상 아녜요. 피해자는 있어도 가해자가 없는 세상 말이에요. 그러니 잊어버리고 이거나 마시세요. 꿀물이에요. 마시고 나면 기분이 한결 나아질 거예요. 그럼, 들어가 푹 쉬세요.

준석 (애써 눈물을 깨물고) 마, 만사가 싫어….

순옥 그렇다고, 언제까지나 그러고 계실 거예요?

준석 (신경질적으로 연기를 내뿜으며) 어, 억울해….

순옥 글쎄, 안다니까요. 그러니까 이럴수록 기운을 내서 뭔가 대책을 세워야죠.

준석 대책?!

순옥 당신은 지금껏 빚지고는 못 살았잖아요.

준석 그, 그랬지…. 하지만 지금은 세상이 두려워….

순옥 그렇다고 마냥 그렇게, 한탄만 하고 계실 거예요?

준석 차라리 결백을 주장하는 탄원서를 올리고 자살해 버릴까?

순옥 겨우 백오십만 원 때문에요?

준석 우리한테는 거금이야.

순옥 그러니까 이를 악물고 벌어서 갚아야죠.

준석 그, 그래도….

순옥 왜 당신답잖게 약한 말씀을 하세요. 진정 요즘 세상을 몰라서 이러세요?

준석 (물끄러미 쳐다본다)

순옥 당신보다 더 억울한 일을 당하고도 어쩔 수 없이 살아가는 세상이라고요.

준석 그건 무슨 말이야?

순옥 광주항쟁 말이에요. 민주주의를 국시로 삼는 나라가 민주 회복을 외치는 많은 사람을 학살했잖아요. 그것도 국민의

세금으로 살아가는 군인에 의해서… 그것에 비하면 당신은 아무것도 아니잖아요.

준석 하긴 그래….

순옥 그러니까 이를 악물고 다시 시작하는 거예요. 그래서 빚도 갚고….

준석 갚은 뒤에는….

순옥 뭔가 따끔한 복수를….

준석 (벌떡 일어나며 광기가 어린 눈으로) 그래! 그래! 복수를 하는 거야! 과도를 날카롭게 갈아서 주머니에 숨기고, 연놈의 집 구석에 고양이처럼 살금살금 들어가 나한테 갈취한 돈을 헤아리며 시시덕거리는 연놈의 목줄을 따는 거야.

순옥 그건, 안 돼요. 그건, 너무 잔인해요. 게다가 그건, 엄청난 대가를 치러야 한다고요.

준석 (광기가 어린 표정으로) 그래도 난 그 연놈을 이 세상에서 지우고 싶은데… 깨끗한 세상을 위해서….

순옥 그런다고 한번 더럽혀진 세상이 깨끗해지지는 않아요. 게다가 당신은 인간의 죄를 심판할 자격이 있는 신이 아녜요.

준석 그럼, 어떡하지… 마음은 온통 분노로 이글거리는데….

순옥 일단 삭히세요. 당신보다 몇 배 억울한 일을 당한 광주 시민들처럼 먼 미래를 위해 일단 삭히세요. 그러면 역사가 아니 세상이 당신의 무죄를 증명해 줄 거예요.

준석 (비웃으며) 세. 세상이?

순옥 그래요. 그러니까 지금은 분노를 삭이고 다른 방법을 연구하세요. 명포수는 자신에게 치명타를 입힌 맹수와는 절대로 맞서지 않는데요.

준석 그럼?!

순옥 맹수의 눈을 피해 철저하게 몸을 숨긴 뒤 허점을 노린대요.

준석 그럼, 나도…?

순옥 그래요. 연놈의 주위를 살피다 보면 뭔가 허점이 보일 거예요. 그때!

준석 과연 나도 명포수처럼 그럴 수 있을까?

순옥 그럼요. 당신은 고전 농악놀이패에 소문난 명포수 광대였잖아요.

준석 그야. 시골서 명포수 역할은 단연코 나였지….

순옥 (추억에 잠겨) 그래요. 산토끼 가죽옷을 입고 탄띠를 가로 차고… 목총을 들고, 덩실덩실 포수 춤을 추는 당신은 누가 뭐래도 최고였어요.

준석 너무도 촌스러워 창피하지 않고?!

순옥 아녜요. 너무도 자랑스러웠어요. (대접을 내밀며) 드세요. 전 지금껏 당신의 그 모습을 잊을 수가 없어요. 당신은 늘 당당했잖아요. 전 그런 모습이 좋아 당신을 택했어요. 가난했지만 기죽지 않은 행동이 더없이 믿음직스러웠으니까요.

준석 지금 생각해 보면 나한테는 과분한 당신이었어… 중학교 출신인 나에게 일류고등학교 출신인 당신이라니?

순옥 학벌이 전부는 아니잖아요. 그 사람의 정신상태가 문제죠?

준석 미안해… 호강도 못 시켜 주고?

순옥 아녜요. 제가 되레 미안해요. 어려운 친정 일까지 전가시키고… 당신이 그때, 도와주지 않았다면 친정 식구들은 거리에 나앉을 거예요. 고마워요.

준석 무슨 소리… 다 내가 좋아서 한 일이야. 난 지금껏 한 번도 후회한 적 없어.

순옥 정말 고마워요.

준석 부부간에는 그런 말 하는 게 아니래… 일심동체인데 자꾸만 그러면 한쪽이 쑥스러워 화합이 안 된다나….

순옥 그래요. 그럼, 우리 그런 말 그만하고… 쭉 드세요. 그리고 오랜만에 당신의 그 포수 춤 좀 보여주세요.

준석 그, 그럴까….

순옥 그래요. 보고 싶어요.

준석 아, 알았어. (꿀물을 들이켜고) 근데 포수 춤을 추려면 산토끼 가죽옷이 있어야 하는데 어떡하지?

순옥 그래요. 그럼, 대신에 보자기를 드릴게요. (방문을 열고 알록달록한 보자기 두 장을 꺼내 내민다)

준석 (받아서. 한 장은 머리에 터번 식으로 둘러쓰고, 다른 한 장은 슈퍼맨처럼 목에 망토처럼 맨 다음, 주위에 놓여 있는 빗자루를 거꾸로 들고 민요 '새타령'을 부르며 포수 춤을 춘다) 새가 날아든다~ 온갖 잡새가 날아든다… 이 산으로 가도 뻐꾹~ 저 산으로 가도

뻐꾹~

순옥　(흐느끼며, 소매를 들어 눈물을 닦는다)

준석　(역시 흐느끼며 같은 소절을 되풀이해서 노래를 부른다) 이 산으로
　　가도 뻐꾹~ 저 산으로 가도 뻐꾹~ (더는 노래를 잇지 못하고
　　무너질 듯 주저앉아 소리 내어 흐느낀다)

순옥　(우르르 달려들어 얼싸안고 역시 소리 내어 흐느낀다)

김세레나의 "새타령" 비지.

준석　(애써 눈물을 깨물고 천정을 보며) 나, 나는 왜 이리 꼬여만 가는
　　걸까? 남에게 피해를 주지 않고 양심껏 살아왔는데… 왜
　　이리 자꾸만 꼬여가는 걸까. 조상의 묏자리를 잘못 써서
　　일까… 아니면 내가 지지리도 복 없이 태어나서일까… 마
　　치 위태로운 담장 위에 서 있는 고양이 같다고… 아냐. 고
　　양이는 과해 쥐새끼야… 고양이는 스프링 같은 발바닥을
　　가졌지만 난 맨발이니까…

순옥　(더욱 가슴에 파고들며) 여, 여보….

준석　(여전히 흐느끼며) 그, 그렇게 피나는 노력을 해도… 그놈의
　　가난은 왜 그렇게 찰거머리처럼 찰싹 달라붙어 떨어질지
　　모르냐고… 가난도 유전이야?!

순옥　(소리쳐 울며) 처, 철구 아부지….

준석　(애써 눈물을 깨물며) 이, 이제는 정말이지… 사는 게 지겹다.
　　제기랄 이렇게 맨날 꼬이는 것의 연속이라면 더는 살고

싶지 않다… 파랑새가 있다고…? 희망은 그저 허울 좋은 말일 뿐이야… 희망은 사기꾼이라고… 금방 찾아올 거라고 하구선 나타나지 않으니까… 나, 난 그렇게 죽어지고 있는 거야… 사는 게 사는 게 아니라고… (순옥을 밀쳐낸 다음 주먹으로 평상을 마구 친다)

순옥 (붙잡으며) 지, 진정하세요… 그래도 우리에겐 자식이 있잖아요.

준석 (허탈하게 웃으며) 나에게서 가난이란 고질병을 유전 받은 가엾은 것들… 이럴 줄 알았으면 낳지 말 걸 그랬어….

순옥 너무 이러지 말아요. 제 복은 다 타고난다고 하잖아요.

준석 제 복이라… 그러면 이 고통도 다 타고난 내 복이란 말이야…. (일어서려다 말고 바닥에 쓰러지고 만다)

순옥 (재빨리 다가가 부축하며) 처, 철구 아부지….

준석 (뿌리치며) 되, 됐어. 잠시 어지러웠을 뿐이야…. (머리를 감싼다)

순옥 (부축해 일으키며) 아, 안 되겠어요. 그만 들어가 누우셔야겠어요.

준석 (뿌리치며) 글쎄 됐다니까….

순옥 (조심스럽게 다시 붙잡으며) 처, 철구 아부지… 제발 부탁이에요.

준석 (고개를 끄덕이며) 아, 알았어… 이 바보 같은 마누라야! 이 세상에 당신 같은 바보는 없을 거야….

순옥 그래도 좋아요. 전 당신의 바보로 사는 게 너무도 행복해요. (방문을 열며) 들어가세요. 저번에 먹다 남은 쌍화탕 덥혀서 올게요.

준석   (말없이 고개를 끄덕이고 방 안으로 들어간다)

순옥   (준석이 들어가는 걸 확인한 다음 방문을 닫고 쓸쓸히 부엌으로 들어간다)

쓸쓸한 음악 비지 + 풀 죽은 고양이 울음소리.

이때, 대문이 거칠게 열리면서 동철, 풀이 죽어 있는 철구를 밀치고 들어온다.

방문이 빼꼼 열린다. 그러나 인기척은 없다.

동철   (화난 표정으로) 야 너 정말 왜 그래! 남자 새끼가 한다고 했으면 목에 칼이 들어와도 해야지! 왜 못 하겠다는 거야!

철구   (한숨을 내쉬며) 그, 그게. 집안에 일이 생겨서….

동철   인마! 그러면 그럴수록 더욱 이를 악물고 해야지. 너 해결사까지 들이닥치게 해서 더욱 집안을 쑥밭으로 만들 거야?

철구   (머리를 쥐어뜯으며) 아이고 모르겠다.

동철   인마! 지금 그걸 말이라고 하는 거야! 날 보증 세우고, 얻은 사채 2백을 어떻게 할 거야!

철구   (안절부절 어쩔 줄 모르며) 나, 나도 모르겠어…. (평상에 힘없이 주저앉는다)

동철   (다가서며) 모르겠다니! 내일까지 갚지 않으면 해결사들이 찾아와! 박살낼 텐데!

철구   그보다도 우선 그 사기꾼 놈을 찾아야 해! (벌떡 일어난다)

동철   (가슴을 치며) 무슨 수로 그놈을 찾아! 마음먹고 사기 친 놈을. (사이 다가와 노려보며) 너 정말 어떻게 된 거 아니냐!

철구   그럼, 도대체 뭘 어떻게 하자는 거야?

동철   인마 몇 번 말해야겠어! 그 누님 사업 좀 도와주고 몇 푼 받아 우선 이자를 막자니까. 그리고 사업 운이 풀려 매트를 많이 팔면 그 돈으로 집문서를 찾고!

철구   (막아서며) 꼭 그 길밖에 없는 거냐? 그건 범죄라고?!

동철   (돌아보며) 그것도 그 누님이 오케이 했을 때 가능한 일이야. 시간 없어! 빨리 가서 사정해보자고! (앞장선다)

철구   (안절부절) 아이고, 이 일을 도대체 어떡하면 좋아….

동철   (돌아보며 버럭) 인마! 지금 그렇게 시간만 보낼 거야!

철구   (울먹이며) 아, 알았어! (마지못해 비틀거리며 뒤따라 대문을 나선다)

이때, 준석의 절망스러운 탄성과 함께 방문이 쾅 닫힌다.
고양이 쥐 물어뜯는 소리 들린다.

준석   (울부짖는) 아! 으으으…!

처절한 음악과 함께 고양이 쥐 물어뜯는 소리 UP 했다가 서서히 가라 가라앉으면 대문께에서 민자의 헛구역질 소리가 들리며 민자 비틀비틀 들어온다.

이어서 춘식 조심스럽게 따라 들어온다. 다시 방문이 빼꼼 열린
다. 그러나 역시 인기척은 없다.

민자   (여전히 헛구역질) 욱! 욱!

춘식   (조심스럽게 다가서며) 미, 민자야… 제발 내 밀대로 해… 내
말만 들으면 네가 하라는 대로 다 할게….

민자   (노려보며) 왜 따라다니면서 귀찮게 굴어! 제발 말 같은 소
리를 해! 아저씨와 내가 어떻게 결혼해! 우리 엄마 아빠가
허락할 것 같아?

춘식   그러니까. 내가 이렇게 부탁하는 거 아냐? 제발 부탁이야!
내가 어떻게 해서든 니 부모님한테는 허락을 받아낼 테니
까. 애는 지우지 마….

민자   (노려보며) 그럼, 술 취해 쓰러져 정조를 빼앗겨 밴 새끼를
낳으란 말이야!

춘식   아… 아녀… 난 널 처음 보는 순간부터 사랑하고 있었
어….

민자   (돌아서며) 난 그렇지 않았어… 그리고 내 인생을 이렇게 쉽
게 내 버릴 순 없어….

춘식   (다가서며) 내, 내가 책임지고 내 인생을 확실하게 보장해
줄게… 그러니 제발 3대 독자인 나의 소망을 저버리지 말
아줘… 이렇게 부탁할게…. (무릎을 꿇고 두 손을 모아 빈다)

민자   (노려보며) 정말, 왜 이래! 당신하고 계산은 끝났어… 당신

한테 빌린 백오십은 당신을 강간범으로 고발하려다 접은 값과 당신의 흔적을 지우는 데 쓸 거니까….

춘식 (발을 잡으며) 그, 그럴 순 없어… 절대로 그럴 순 없어… 지금 당장 너희 부모님을 만날 거야!

민자 (노려보며) 당신! 정말 나 죽는 꼴 보고 싶어서 그래! (가슴을 마구 친다)

춘식 (일어나 두 손을 잡으며) 아, 알았어…. 지. 진정해!

민자 (애써 진정하며) 그럼, 나랑 조용히 가게로 돌아가는 거야!

춘식 (조심스럽게) 속이 매스꺼워 근무를 못 하겠담서? 그냥 집에서 쉬지, 그래?

민자 (단호하게) 됐어! 이 꼴로! (신경질) 빨리 가! (앞장선다)

춘식 (조심스럽게) 아, 알았어…. (뒤따라 나간다)

이때, 방문이 거칠게 열리며 준석 뛰쳐나와 천정을 보며 울부짖는다.
고양이 쥐를 사납게 물어뜯는 소리 들린다.

준석 (미친 듯이) 아! 으으으!

순옥 (부엌에서 후닥닥 뛰어나오며) 처, 철구 아부지 왜 그래요!

준석 (아랑곳없이 머리를 쥐어뜯으며 울부짖는다) 아! 으으으! (다시 일어나 가슴을 치며 어쩔 줄 모르다가 밖으로 뛰쳐나간다)

순옥 (영문 몰라 안절부절 어쩔 줄 모른다)

처절한 음악과 함께 고양이 쥐 물어뜯는 소리 크게 들린다.

순옥 안절부절 주위를 오간다.

이때, 준석, 비틀비틀 새장처럼 생긴 쇠창살 고양이 덫을 들고 들어온다.

순옥 (보며) 고, 고양이 때문이었구려!

준석 (묵묵히 담장으로 다가가 판자를 뜯어내고 그 자리에 고양이 덫을 놓는다)

쓸쓸한 음악 UP 했다가 서서히 아웃.

기죽은 고양이 울음소리.

조명도 함께 서서히 꺼진다.

암전.

제7장

질척이는 음악이 비지 되는 가운데 찍찍거리는 쥐 울음소리와 고양이 울음소리 여기저기서 격렬하게 들리고, 조명 서서히 들어오면 춘자의 집. 빨랫줄에 야한 속옷에 널려있다.

이때, 대문을 밀치고 들어서는.

경찰1　(밖을 보며) 연놈이 안 보이는 것 보니까 밖에 나갔는가 봅니다.

경찰2　(들어서며) 그래, 그렇다면 사무실에 갔다가 조금 뒤에 와야겠구먼.

준석　(따라 들어오며) 이 일은 제가 해결하고 싶습니다.

경찰1　하지만 연놈의 전과가 화려한 이상 방치할 수 없습니다. 그러다가 불미스러운 사고라도 터지면….

준석　일단 저를 믿어 주세요. 저 그렇게 호락호락한 사람 아닙니다. 항쟁 때 총탄이 쏟아지는 전장 속에서도 살아남은 접니다. 부탁드립니다.

경찰1　좋습니다. 그럼, 저흰 일단 잠복하고 있을 테니 긴박한 상황이 생기면 신호를 보내 주십시오.

준석　알겠습니다.

이때 자동차 다가오는 소리 들린다.

준석　연놈이 오는가 봅니다. (대문 안으로 들어와 문 뒤에 숨는다)

경찰1·2　조심하십시오. (집 뒤로 숨는다)

잠시 후 자동차 브레이크 잡는 소리와 함께 멈추고, 이어서 춘자와 방세의 웃음소리가 들린다.

방세·춘자　(간드러지게) 하하하… 호호호…. (웃으며 들어선다)

방세는 새 양복 차림이고, 춘자 역시 새 양장 차림이다.

춘자는 왼쪽 눈에 안대를 하고 있다.

두 사람 대문께에 서서 즐겁게 얘기를 나눈다.

방세　(여전히 웃으며) 이거야말로 완전히 손 안 대고 코 풀었어.

춘자　(맞장구) 맞아! 이런 것을 두고 일거양득이라는 거야. 빚 해결하고 보너스 받고….

방세　(리듬감 있게) 마당 쓸고 동전 줍고!

춘자　(역시 리듬 있게) 전복 먹고 진주 얻고!

방세　(신이 나서) 오입하고 장학금 받고!

춘자　(노려보며) 뭐야!

방세　(안절부절) 아, 아냐… 일테면 그렇다는 얘기지.

춘자　(노려보며) 조심해! 걸렸다 하면 내시 만들어 버릴 테니까….

방세　(사타구니를 움켜잡으며) 아, 알았다고….

춘자　(둘러보며) 그건 그렇고 지금부터 뭐하지?

방세　(엉큼하게) 뭐하긴 뭐해! 들어가서 일거양득 기념으로 멋지게 한번 때려야지!

춘자　(은근히) 오늘은 끝내 줄 자신 있는 거야?

방세　그럼, 내 이럴 줄 알고 뱀사탕 한 사발 때렸어!

춘자　제기랄 또 중국산 가짜 먹고, 군불도 지피기 전에 사그라지는 것 아냐?

방세　아냐! 앞이 불편해 걸어 다니기도 힘들더라고. 나도 모르게 온몸에 힘이 솟고….

춘자 (노려보며) 제기랄 그래서 날 이렇게 떡이 되도록 팼구먼….

방세 (눈두덩을 어루만져주며) 쌔~ 마, 많이 아팠어?

춘자 (어리광) 아냐… 나도 모르게 희열이 들더라고….

방세 뭐야! 그럼, 혹시 미국 놈 포르노처럼 가죽 허리띠 풀어서
때려 달라는 것 아냐?

춘자 (정색) 미쳤어! 내가 변태야!

방세 노, 농담이야. 그만 들어가자고!

춘자 (돌아서며) 싫어!

방세 (눈치를 보며) 싫다니?

춘자 집구석에서는 싫어.

방세 그럼?!

춘자 공돈도 생기고 했으니까 야외로 나가자고… 그동안 돈이
없어 찾지 못하고 맡겨뒀던 차도 찾았잖아?

방세 (동조) 맞아! 당장 가서 물침대의 추억을 만들어 보자고! (하
며 평상으로 향한다)

이때, 하얀 목장갑을 낀 준석 잽싸게 달려 나와 과도를 들이대며.

준석 (광기 어린 표정으로) 어디를 그리 다정하게 가시나?

방세 · 춘자 (겁먹은 표정으로) 아, 아저씨 왜 이러세요?

준석 (노려보며) 설마하니 그걸 몰라서 묻는 건 아니겠지? (춘자 목
에 과도를 갖다 댄다)

방세·춘자 (떨며) 우, 우리가 잘못했어요. 제발 진정하세요.

준석 (두 사람을 평상에 밀어 앉히고) 지, 진정하라고?… (다가와 방세의 목에 과도를 대고) 그, 그건, 어떻게 하는 건데?

춘자 (떨며) 일단 칼을 내려놓고 대화로 해결해요.

준석 (히죽 웃으며) 대화? 좋지! 대화는 늘 신선한 느낌이 드니까. (평상에 과도를 찍어 꽂은 다음) 어떤 대화부터 할까?

춘자 (눈치를 살피며) 돈을 다시 돌려드리고… 화장품값도 결재해 드릴게요.

준석 (노려보며) 그런다고 와르르 무너진 명예가 회복될까?

방세 그, 그건, 저희가 앞장서서 해명해 드리겠습니다.

준석 이 쓰레기들아! 그런다고 예전으로 돌아갈 수 있다고 생각하나?

춘자 (약간 신경질) 그럼, 저희더러 어떡하라는 거예요!

준석 (단호하게) 그렇게 구차하게 살지 말고, 깨끗이 사라졌으면 해.

방세 아, 알겠습니다. 당장 짐을 꾸려 서울을 떠나도록 하겠습니다.

춘자 그래요, 아예, 촌구석에 묻힐게요.

준석 (과도를 빼 내밀며) 버, 번지수가 틀렸어.

방세·춘자 (영문을 몰라 쳐다본다)

준석 (광기가 어린 눈으로) 난 지금 지구를 하직하라는 거야!

방세·춘자 뭐라고요! 우리더러 죽으라고요!

준석 그래… 그 길만이 늬들의 죄를 씻고, 나아가서는 동정을 받아 내세(來世)에서는 편안할 거라고….

방세·춘자　우리는 그래도 그럴 수 없어요.

준석　(노려보며) 그럼, 끝까지 서민을 괴롭히겠다고?

방세　(울먹이며) 손 씻고, 마음을 잡으면 되잖아요?

준석　(버럭) 그게 마음같이 안 된다니까! 니들 이런 말 들어 봤어?

방세·춘자　무슨 말이요?

준석　걸레는 빨아도 걸레란 말….

춘자　하지만 어떻게 세탁하느냐에 따라 행주로도 쓸 수가 있죠.

준석　행주를 모욕하지 마. 행주는 오물을 닦아 준다고! 그런데 니들이 행주가 될 것 같아?

방세·춘자　(자신 있게) 네! 그럴 수 있어요!

준석　제발 미련을 갖지 마라. 미련만큼 어리석은 게 없다. 한번 어쩌면 잘 할 수 있었는데 그래서, 잘한 적 있나?

춘자　그것마저 없다면 살맛이 안 나잖아요?

준석　살맛이라?! 지금 살맛이라고 했나?

방세·춘자　(고개를 끄덕인다)

준석　(다가앉으며) 그래?! 그렇다면 너희들한테 사기당한 난 무슨 맛이었겠나?

방세, 춘자　(고개를 조아린다)

준석　(광기 어린 표정으로) 난 죽을 맛이었어! 오죽하면 결백을 주장하는 유서를 남기고 자살하려고 했다고! 그런데 니들이 살맛을 운운해!

방세·춘자　(고개를 조아리며) 주, 죽을죄를 지었습니다.

준석	(노려보며) 그, 그러니까 죽어 달라는 거야?
방세·춘자	하, 하지만 이대로 죽기에는 너무도 억울해요.
준석	무슨 미련 때문에?
방세	(나서며) 단 한 번만이라도 인간답게 살고 싶어요.
준석	(춘자를 보며) 너도?
춘자	(고개를 끄덕인다)
준석	그렇다면 좋아? 인간답게 사는 게 뭔데?
춘자	(눈치를 살피며) 남들처럼 평범하게. 좋은 사람과 만나 결혼하고. 그러다 늙어 죽는….
준석	(고개를 끄덕이며) 지극히 소박하군….
춘자	그런데 그것마저 되지 않았어요. 한번 꼬인 인생은 자꾸만 절 수렁으로 밀어 넣었어요.
준석	그래서 막 살았다는 얘기군?!
춘자	(오기로) 그래요! 반박심에 복수심만 남더라고요! 그러다 보니 자꾸만 자포자기가 되고요!
준석	그래서 결과는?
춘자	(한숨을 내쉬며) 이렇잖아요.
준석	부질없다는 소리군?
춘자	(두 손을 모아 빌며) 아저씨! 한 번만 봐주세요. 알고 보면 저 불쌍한 여자예요. 어려서 부모한테 버림받고 보육원에서 자랐어요.
준석	(방세를 보며) 너도 마찬가지겠군?
방세	(말없이 고개를 끄덕인다)

준석　(다시 탁자에 힘주어 과도를 꽂으며) 하지만 그건 변명이 될 수 없어. 니들 논리대로 라면 그곳 출신들은 다 그래야 하는데… 그렇지 않아… 남보라는 듯이 열심히 살아 성공한 사람들도 많다고!

방세·춘자　(노려보며) 그래서 끝내 저희 같은 인간들은 지구를 떠나야 한다는 말씀이세요!

준석　(태연하게) 내 말인즉슨 다른 사람들에게 더 손가락질을 받기 전에 깨끗이….

방세　아저씨! 죽음이 뭔지 알고 하시는 말씀이세요?

준석　알지… 이래봬도 월남 참전 용사에 광주항쟁까지 맛본 사람이니까… 죽음은 예고가 없더군. 소리 없이 찾아와 껍데기만 남겨두지… 알맹이가 빠져나간 껍데기만 말이야… 그러나 알맹이가 빠져나간 껍데기는 평온했어….희한하게도 말이야. 죽는 순간은 괴로웠을 텐데 죽고 난 뒤의 시신은 아픔의 앙금도 없이 늘 평온하더군. 한결같이 평범하게 말이야… 자네들도 아마 그럴 거야… 아무 일도 없었던 것처럼….

춘자　끝내 저흴 죽일 심사세요?

준석　난 살인자가 아냐?

방세　그럼요?

준석　(노려보며) 니들 스스로 해결해 주길 바래… (평상에 꽂힌 과도를 빼, 방세 춘자 앞에 다시 꽂고 돌아앉아 담배를 피워 문다)

방세, 재빨리 평상 위에 꽂힌 과도를 빼 들고 준석의 목에 들이대며 소리친다.

방세 (버럭) 이제 입장이 바꿨는데 어떡하지?

준석 (아랑곳없이 담배를 피우며) 어리석은 놈….

방세 (당황해 떨리는 목소리로) 어차피 막가는 인생 보내 버릴 수도 있어!

준석 (춘자를 보며) 너도 내가 시름없이 갈 거로 보이나?

춘자 (노려보며) 자신만만하시군요?

준석 그야… 그건, 자네들이 나의 어리석음을 깨닫게 해주어서지… 일 테면 위태로운 담장 위에서 고양이처럼 사뿐히 내려서는 방법을 가르쳐 준 거지.

방세·춘자 (주춤하며) 그. 그게 무슨 말이야?

준석 (노려보며) 뭐긴 뭐야! 철저한 계산이지! (말을 마치자마자 평상에 이마를 마구 찧는다)

방세·춘자 (당황해 물러서며) 이 영감이 미쳤나!

준석 (아랑곳없이 머리를 찧는다. 이마에서 피가 흐른다)

방세·춘자 (겁먹은 표정으로) 아, 아저씨 왜 그러세요?!

준석 (광기 어린 표정으로 쳐다보며) 그리 놀랄 것 없어. 니들이 모르는 또 다른 세상을 가르쳐 주려는 거니까….

방세·춘자 (떨며) 세, 세상을 가르쳐 주다니요?

준석 (여전히 광기가 어린 표정으로 노려보며) 궁금하나? 그럼, 정답을 보여주지! (장갑을 벗어 주머니에 넣고 대문을 향해) 사람 살려!

사람 살려!

그러자, 기다렸다는 듯이 경찰 순찰차 사이렌 소리가 들리더니 경
찰 1.2 권총을 빼들고 후닥닥 들어온다.
준석, 갑자기 쓰러져 신음한다.
방세, 춘자 안절부절 어쩔 줄 모른다.

경찰1·2   (방세와 춘자에게 권총을 겨누며) 꼼짝 마!

방세   (과도를 떨어뜨리고 번쩍 두 손을 들며) 이, 이럴 수가!

춘자   (놀라 입을 쩍 벌리며 두 손을 번쩍 든다)

경찰1   (준석에게 다가서며) 어디 다친 데는 없어요?

준석   (신음하며) 칼자루로 이마를 얻어맞은 것 외에는… 하지만
        병원에 가서 진찰해 봐야 알겠어요. 집단 폭행을 당해 놔
        서….

경찰1   그래서 저희들이 뭐라고 그랬어요. 구린내가 나는 인간들
        이니까 혼자 들어가시면 위험하다고 그랬잖아요. 우리가
        얼마나 애간장 태우며 기다린 줄 아세요?

준석   설마하니 노인네가 이렇게까지 할 줄은 몰랐어요.

방세·춘자 (기가 막혀) 뭐. 뭐야!

경찰1.2   (노려보며) 시끄러워!

방세·춘자 (가슴을 치며) 우, 우리가 안 그랬어요?

경찰1   (단호하게) 그, 그야, 조사해보면 알겠지… 자네들은 일단 흉
        기를 사용했으니까 살인미수야….

78

방세·춘자 (놀라) 뭐, 뭐라고요!

경찰1 (아랑곳없이) 이것 봐! 박 순경… 흉기에 지문 안 지워지게 조심스럽게 비닐봉지에 넣어 국과수에 감정을 의뢰하라고!

경찰2 예! (손수건을 꺼내 과도를 집어 비닐봉지에 넣는다)

방세·춘자 (놀라) 철저하군… (가슴을 마구 치며) 그, 글쎄 우리는….

경찰1 후레자식 같으니라고! 아무리 막 가는 세상이라지만 저번에 그만큼 노인을 우려먹었으면 반성을 할 줄 알아야지 이렇게 개떡이 되도록 패!

경찰2 (노려보며) 그것도 칼로 위협하고!

방세·춘자 (머리를 쥐어뜯으며) 글쎄 우리는!

경찰1 (노려보며) 이렇게 증거가 확실한데 오리발이야! 박 순경 도저히 안 되겠어! 수갑 채워 연행해!

경찰2 (고개를 조아리며) 예. (뚜벅뚜벅 걸어와 허리춤에서 수갑을 꺼내 방세와 춘자의 손목에 채운 다음) 앞장서!

방세·춘자 (넋이 나간 표정으로 비틀비틀 대문을 나선다)

경찰1 (준석을 보며) 영감님도 가시죠? 저희가 병원에까지 모셔다 드릴게요.

준석 (굽실거리며) 아 네. 먼저 나가시죠. 전 이마에 흐른 피 좀 닦고….

경찰1 알겠습니다. 그럼, 밖에서 기다리고 있겠습니다. (퇴장)

준석 (관객을 보며) 명포수는 절대로 맞서지 않는다. 허점만 노릴 뿐이지… (안주머니에서 봉투를 꺼내며) 이, 이건 저 녀석들의 진짜 주민등록등본이니까. 협상 거리로는 손색이 없지…,

게다가 살인미수니까…. (허탈하게 웃으며 대문을 향한다)

슬픈 음악과 함께 조명 서서히 꺼진다.

암전.

제8장

잔잔한 음악이 흐르는 가운데 조명 서서히 들어오면 준석의 집. 담장 밑에 쳐 놓은 고양이 덫에 고양이 잡혀있다. 고양이 야옹거리며 몸부림친다. 주위는 화사한 빛이 감돈다.
평상 위에 춘식과 민자, 초조한 표정으로 앉아 있고, 방 쪽 평상 끝에 순옥 앉아 방 쪽을 살피고 있다.
철구는, 평상에 앉지도 못하고 안절부절 주위를 오간다.

순옥 (철구를 노려보며) 이놈아! 정신 사나워! 그만 좀 왔다 갔다 해라!

철구 (멈춰 서며) 근데 아부지는 온 가족을 집합시켜 놓으시곤 왜 이렇게 안 나오시는 거예요!

순옥 (보며) 왜? 무슨 죄라도 지었냐?

철구 (화들짝 놀라며) 죄, 죄는 무슨 죄를 지어요….

순옥 그럼, 앉아서 기다려 금방 나오실 테니까….

철구   (마지못해) 아, 알았어요. (그러나 앉지 못한다)

이때, 방문이 열리면서 이마에 반창고를 붙이고, 말쑥한 양복 차림의.

준석   (나오며) 다들 모였냐?

일동   (떨리는 목소리로) 예….

준석   (평상 옆에 서서 둘러보며) 그래… 춘식이도 왔구먼.

춘식   (고개를 조아리며) 네. 어르신….

준석   (차분하게) 다들 편히 앉아.

철구   (나서며) 괜, 괜찮습니다. 하실 말씀은?

준석   (침착하게) 서두르지 말고 자리에 앉아라.

철구   (고개를 조아리며) 예…. (평상 모서리에 걸터앉는다)

준석   (찬찬히 둘러본 다음) 내가 이렇게 모이라고 한 것은 다름이 아니라….

일동   (침을 삼킨다)

준석   (진지하게) 허심탄회 얘기를 나눠보기 위해서다.

일동   (조심스럽게 다가앉는다)

준석   (침착하게) 다시 말하면 서로의 애로사항을 부담 없이 토해 내 서로 머리를 맞대고 풀어보자는 거다. 그러니, 눈치 볼 것 없이 솔직하게 말해줬으면 한다. 저기 담장 위에서 우리를 위협하던 고양이도 잡히지 않았느냐. 그러니 편안하게 마음을 열었으면 한다. 알겠느냐?

일동	(고개를 조아리며 떨리는 목소리로) 예….
준석	(철구를 보며) 그럼, 우리 집 대들보부터 묻겠다. 애로사항이 뭐냐?
철구	(떨며) 저, 저요?
준석	(부드럽게) 그래, 너?
철구	(고개를 떨어뜨리며) 어, 없습니다.
준석	그래, 그럼, 다시 한번 생각해 보도록 하여라. (민자를 보며) 민자 넌?
민자	(역시 고개를 떨어뜨리며) 어, 없습니다…. (말끝을 흐린다)
춘식	(나서며) 아, 아닙니다. 있습니다.
일동	(놀라 쳐다본다)
준석	(침착하게) 뭔가?
춘식	(갑자기 무릎을 꿇고 떨리는 목소리로) 제, 제가 민자 씨한테 죽을죄를 지었습니다.
순옥	(놀라 나서며) 자네가 우리 민자한테 죽을죄를 짓다니?
춘식	(고개를 조아리며) 제, 제가 아이를 갖게 했습니다!
일동	(놀라 쳐다본다)
순옥	(신음하며) 지, 지금 뭐라고 한 거야! (뒷골을 잡는다)
민자	(놀라 순옥을 부축하며) 어, 엄마!
순옥	(뿌리치고 노려보며) 지, 지금 저 사람이 하는 말이 뭐냐? 애를 갖게 하다니? 그게 정말이냐!
민자	(훌쩍이며 고개를 끄덕인다)
순옥	(우르르 달려들어 머리채를 잡으며) 뭐야! 이년아! 내 그렇게 몸

가짐을 잘하라고 일렀는데! (울음을 터뜨리며) 이년아! 차라리 나랑 나가 죽자! (머리채를 끌고 일어난다)

준석   (한숨을 내쉬며 천정만 올려다본다)

순옥   (버티는 민자를 보며) 빨리 일어나지 못해! 이년아!

춘식   (가로막으며) 어. 어머님! 민자 씨는 자. 잘못이 없습니다. 다 내 욕심 때문입니다.

순옥   (노려보며) 욕심 때문이라니?

춘식   (진지하게) 너무도 참한 민자 씨한테 한눈에 반해… 도저히 놓칠 수 없었습니다. 그, 그래서….

순옥   그, 그래도 그렇지… 내 딸의 신세를 망쳐나 이 나쁜 놈아!

춘식   (무릎을 꿇고 두 손을 비비며) 어머님, 허락해 주십시오! 그럼, 하늘에 맹세코 민자 씨만을 위해서 살겠습니다.

순옥   그러면 뭐해! 보나 마나! 뻔한데! 또 가난에 빠져 빠질락거릴 것 아냐!

춘식   (진지하게) 아. 아닙니다. 저 역시 가난에 한이 맺혀 그동안 장가가는 것도 포기하고, 오로지 돈만 벌어… 번듯한 집도 사고, 적금도 들어 통장이 여러 개 있습니다.

순옥   (다시 보며) 뭐, 뭐야? 그게 정말이야!

춘식   (고개를 조아리며) 예…. (하며 주머니에서 집문서와 통장 여러 개를 내보인다)

순옥   (민자의 머리채를 살며시 놓고 안도의 한숨을 내쉰다)

준석   (침착하게) 이, 이미 돌이킬 수 없는 일이라면 어쩔 수 없구나… 이것이 너희들의 운명이라면….

춘식	(보며) 그럼, 어르신 결혼을 허락해주신다는 말씀이십니까?
준석	부모님과 상의해 날을 잡도록 하게.
춘식	(감격해) 어, 어르신 감사합니다. (큰절을 올린다)
순옥	(준석을 보며) 여, 여보….
준석	(아랑곳없이 춘식을 보며) 대신에 무슨 일이 있어도 두 사람 다 후회하는 일은 없어야 한다. 알겠나!
춘식·민자	(고개를 조아리며) 네. 아버님….
순옥	(민자를 끌어 앉고 소리 없이 흐느낀다)
준석	(침착하게 철구를 보며) 이, 이제 생각이 났느냐?
철구	(머뭇거리다가) 아, 아버님… 죽을죄를 지었습니다.
순옥	(눈물을 지우고 놀라 쳐다본다)
준석	(보며) 죽을죄라니?
철구	(울먹이며) 아버님, 몰래, 집문서를 훔쳐서 잡히고 마음대로 사업을 했습니다.
순옥	(놀라) 사업이라니?
철구	(울먹이며) 동철이 회사에….
순옥	(다가앉으며) 그럼, 취직을 했었단 말이냐?
철구	(고개를 끄덕이며) 네. 선착순으로.
준석	(침착하게) 그래서?
철구	(훌쩍이며) 아, 알고 보니까 피라미드 회사였습니다.
순옥	피라미드 회사라면 요즘, 새끼 치면 손 안 대고 코 푼다는 회사 말이냐?
철구	(말없이 고개를 끄덕인다)

준석 (더욱 침착하게) 그, 그래서.

철구 (여전히 훌쩍이며) 지, 집문서를 잡히고 보증금 조로 백을 넣고, 주력상품인 옥매트를 팔려고 사방팔방으로 뛰는데. 한 아저씨가 1장에 50만 원 하는 옥매트를 70만 원에 팔아주겠다고 4장만 가져다 달라고 해서… 집문서를 2백만 원에 다시 잡혀 4장을 사다가 줬는데… 그 아저씨가 도망가 버리는 바람에 몽땅…. (마구 흐느낀다)

순옥 (다시 뒷골을 잡으며) 뭐, 뭐야! 그럼, 집문서를 완전히 날려 우리 모두 거리에 나앉게 생겼단 말이야!

민자 (조심스럽게 붙잡으며) 어, 엄마 진정해….

순옥 (버럭) 내, 내가 지금 진정하게 생겼냐! 우리 모두 알거지가 되게 생겼다는데!

준석 (더욱 침착하게) 그, 그래 무엇을 얻었느냐?

철구 (흐느끼며) 세, 세상은 절대로 어수룩한 걸 용납하지 않는다는 걸 알았습니다.

준석 (고개를 끄덕이며) 그래, 큰 공부를 했구나. (하며 철구에게 다가가 머리를 쓰다듬어 준다)

철구 (놀라. 믿어지지 않아) 아, 아버님….

순옥 (보며) 여, 여보! 집문서를 날렸다잖아요!

준석 (침착하게) 그, 그런 건 애초에 없었어.

순옥 그건, 무슨 말씀이세요?

준석 (침착하게) 이 집은 무허가 집이야!

일동 (놀라) 뭐, 뭐라고요!

순옥   (나서며) 그럼, 철구가 잡힌 것은 뭐예요?!

준석   (침착하게) 그, 그건, 인쇄소 하는 친구가 마음이라도 든든하라고 심심풀이로 만들어 준 거야.

일동   (놀라) 뭐, 뭐라고요!

준석   그러니까 걱정할 거 없어.

순옥   그, 그래도, 그걸 담보로 돈을 빌려준 사채업자가 가만히 있지 않을 텐데요.

준석   그것 역시 걱정할 거 없어. 어제 내가 알아보니까. 그 피라미드 회사가 교묘하게 운영한 거였어… 근데 그 회사 대표가 검찰 조사가 들어오자 줄행랑을 쳤더구먼….

일동   (놀라) 뭐, 뭐라고요!

준석   (침착하게) 자 그럼 문제 해결은 다 된 셈이군. (둘러보며) 또 다른 문제가 있는가?

일동   (어안이 벙벙해 고개를 흔든다)

준석   (진지하게) 난 가족이란 모두가 수금쟁이라고 본다. 왜냐하면 철저한 신뢰 속에 서로가 사랑을 주고 사랑을 받아야 유지되니까….그렇다고 이기적으로 되라는 건 아니다. 그 사람의 형편을 봐서 가감해주는 미덕도 있어야 한다. 난 아낌없이 주었는데 상대방은 인색하게 군다고 하기 전에 그 사람을 눈여겨봐서 애로사항이 보이면 그만큼 가감해 주면 되는 것이다. 삭막하다고만 느끼는 우리 직업에도 그런 게 있다. 형편이 뻔한데 이자까지 다 내놓으라는 건 아니지. 감면 혜택을 주어 빚을 갚겠다는 의지를 만들어

주는 것이다. 다시 말하면 내 마음을 좀 더 열어야겠다는 자책의 시간을 주는 것이다. 내 말뜻을 알아듣겠느냐?

일동 (고개를 조아리며) 예. 명심하겠습니다.

준석 그럼, 각자 할 일을 하도록 하자. 나도 약속한 집이 있어서 그만 가봐야겠구나. (돌아선다)

순옥 잠깐만요?

준석 (돌아보며) 왜?

순옥 당신한테 사기 친 그 연놈은 어떻게 했어요?

준석 어떻게 하긴, 내 건(件)은 돌려받는 것으로 끝냈지. 하지만 위조 건은 죗값을 받아야 할 거야… 그리고 모르긴 해도 앞으로는 수금사원을 우습게 보는 일은 없을 거야… 아무리 날쌘돌이라고 해도 함정을 피하긴 어려우니까. (고양이 덫을 가리키며) 임자! 이제 안심해도 되겠구려! 일단 우리 모두 위태로운 담장에서 지상으로 내려오는 데 성공했으니까. (하며 방으로 다가간다)

순옥 (고개를 조아리며) 고, 고마워요.

준석 (방문을 열고 장부가 든 가방을 들쳐 매고 대문을 향하다 말고 돌아보며) 아 참, 그리고 크고 작은 빚이 있다고 해서 한탄하지 마라. 인생이란 가진 자나 없는 자나 모두가 채무자로 갚아야 할 것 투성이니까… 그리고 위태로운 담장 위에 서 있다고 해서 당황하지 마라. 일단 내려오는 데 주력하면 또 다른 길이 보이니까. 그럼…. (대문을 연다)

일동 (모두 고개를 조아리며) 명심하겠습니다. 안녕히 다녀오십시오!

준석　(오른손을 흔들어 보이고 대문을 나선다)

일동, 연거푸 고개를 조아린다.

잔잔한 음악 비지— 모두 평상에 앉는다.

이때, 대문이 열리며 사복 차림의.

형사　(들어서며) 실례합니다.

일동　(쳐다본다)

형사　여기가 정준석 씨 댁 맞죠?

철구　(나서며) 그, 그런데요?

형사　아네, 저는 관악경찰서 강력반 김 형삽니다.

철구　(움칠하며) 그, 그런데요?

순옥　(마른침을 삼키며) 무, 무슨 일이라도 생긴 겁니까?

형사　(침착하게) 아, 아닙니다.

일동　(역시 마른침을 삼키고 다가서며) 그, 그럼요?

형사　(침착하게) 정철구 씨가 정준석 씨 아드님 되시죠?

순옥　(애가 타) 그런데요?

형사　(더욱 침착하게) 아 네. 정철구 씨가 다니던 희망상사에서 정 철구 씨를 대금 횡령죄와 사기죄로 고발을….

순옥　(바닥에 덥석 주저앉으며) 뭐, 뭐라고요!

춘식. 민자, 재빨리 다가가 부축한다.

철구　　(안절부절 어쩔 줄 모른다)

형사　　(역시 다가서 부축하며) 지, 진정하십시오. 철구 씨가 고발돼서 잡으러 온 것이 아니라 아버님이신 정준석 씨가 횡령액 2백만 원 전액을 갚아 주셔서 합의됐습니다. 그런데 검찰에서 영장실질심사결과 유령회사에 대한 채무이행은 무효하다는 결론이 나서 합의금을 돌려드리려고 왔습니다.

일동　　(놀라) 뭐, 뭐라고요?!

순옥　　(울먹이며) 그럼, 우리 철구가 구속 위기까지 몰렸다는 말씀입니까?

형사　　네. 아버님이신 정준석 씨가 한발만 늦게 오셨어도 사기꾼으로 몰려 구속 영장이 떨어져 체포돼 옥살이할 뻔했습니다.

철구　　(무릎을 꿇고 울먹이며) 아, 아버지….

형사　　사측에서 하루빨리 넘기라는 걸 정준석 씨가 하루만 말미를 달라고 사정사정해서 봐 드렸는데, 어제 오후에 이마에 피가 흐르는데도 병원에 가지 않으시고 찾아와 합의금을 내주셔서 해결되었었습니다. 다행히도 이리 결론이 나왔고요. 자 합의금 2백입니다. (하며 봉투를 내민다)

순옥　　(받아 들고 무릎을 꿇으며) 여, 여보….

민자　　(역시, 무릎을 꿇고 흐느끼며) 아, 아빠!

춘식　　(역시 고개를 조아리며 무릎을 꿇는다)

형사　　그럼, 전 이만…. (고개를 조아리고 대문을 나선다)

철구　　(울음 터뜨리며) 아, 아부지!

순옥   (철구에게 다가가 머리를 감싸 안으며) 이제 네 아부지를 알겠
느냐?

철구   (서럽게 흐느끼며) 아, 아부지….

순옥   (더욱 힘있게 철구를 껴안는다)

민자, 역시 어머니 품에 안기며 흐느낀다.

순옥, 철구와 민자를 꼭 껴안으며 흐느낀다.

춘식, 애써 눈물을 참으며 천정을 올려다본다.

슬픈 음악 비지 된다.

평화롭게 우는 고양이 울음소리 들린다.

막 서서히 내린다.

막.

한국 희곡 명작선 151

벼랑 위의 가족 (부제: 담장 위의 고양이)

초판 1쇄 인쇄일   2023년 11월 20일
초판 1쇄 발행일   2023년 11월 29일

지 은 이   마미성
만 든 이   이정옥
만 든 곳   평민사
　　　　　서울시 은평구 수색로 340 〈202호〉
　　　　　전화 : 02) 375-8571 / 팩스 : 02) 375-8573
　　　　　http://blog.naver.com/pyung1976
　　　　　이메일 pyung1976@naver.com
등록번호   25100-2015-000102호
ISBN   978-89-7115-121-1 04800
　　　　　978-89-7115-663-6 (set)
정　　가   9,500원

이 책은 사단법인 한국극작가협회가 한국문화예술위원회의 2023년 제6회 극작엑스포
지원금을 받아 출간하였습니다.

한국 희곡 명작선

01 윤대성 | 나의 아버지의 죽음
02 홍창수 | 오늘 나는 개를 낳았다
03 김수미 | 인생 오후 그리고 꿈
04 홍원기 | 전설의 달밤
05 김민정 | 하나코
06 이미정 | 여행자들의 문학수업
07 최세아 | 어른아이
08 최송림 | 에케호모
09 진 주 | 무지개섬 이야기
10 배봉기 | 사랑이 온다
11 최준호 | 기록의 흔적
12 박정기 | 뮤지컬 황금잎사귀
13 선욱현 | 허난설헌
14 안희철 | 아비, 규환
15 김정숙 | 심청전을 짓다
16 김나영 | 밥
17 설유진 | 9월
18 김성진 | 가족사(死)진
19 유진월 | 파리의 그 여자, 나혜석
20 박장렬 | 집을 떠나며 "나는 아직 사
       랑을 모른다"
21 이우천 | 결혼기념일
22 최원종 | 마냥 씩씩한 로맨스
23 정범철 | 궁전의 여인들
24 국민성 | 조르바 빠들의 불편한 동거
25 이시원 | 녹차정원
26 백하룡 | 적산가옥
27 이해성 | 빨간시
28 양수근 | 오월의 석류
29 차근호 | 루시드 드림
30 노경식 | 두 영웅
31 노경식 | 세 친구
32 위기훈 | 밀실수업
33 윤대성 | 상처입은 청룡 백호 날다
34 김수미 | 애국자들의 수요모임
35 강제권 | 까페07
36 정상미 | 낙원상가
37 김정숙 | '숙영낭자전'을 읽다
38 김민정 | 아인슈타인의 별
39 정범철 | 불편한 너와의 사정거리
40 홍창수 | 메데아 네이처
41 최원종 | 청춘, 간다
42 박정기 | 완전한 사랑
43 국민성 | 롤로코스터
44 강 준 | 내 인생에 백태클
45 김성진 | 소년공작원
46 배진아 | 서울은 지금 맑음
47 이우천 | 청산리에서 광화문까지
48 차근호 | 조선제왕신위
49 임은정 | 김선생의 특약
50 오태영 | 그림자 재판
51 안희철 | 봉보부인
52 이대영 | 만만한 인생
53 박경희 | 트라이앵글
54 김영무 | 삼강주막에서
55 최기우 | 조선의 여자
56 윤한수 | 색소폰과 아코디언
57 이정운 | 덕만씨를 찾습니다

58 임창빈 | 왜 그래
59 최은옥 | 진통제와 저울
60 이강백 | 어둠상자
61 주수철 | 바람을 이기는 단 하나의
방법
62 김명주 | 달빛에 달은 없고
63 도완석 | 봄 여름 가을 그리고 겨울
64 유현규 | 칼치
65 최송림 | 도라산 아리랑
66 황은화 | 피아노
67 변영진 | 펜스 너머로 가을바람이 불
기 시작해
68 양수근 | 표(表)
69 이지훈 | 나의 강변북로
70 장일홍 | 오케스트라의 꼬마 천사들
71 김수미 | 김유신(죽어서 왕이 된 이름)
72 김정숙 | 꽃가마
73 차근호 | 사랑의 기원
74 이미경 | 그게 아닌데
75 강제권 | 땀비엣, 보
75 정범철 | 시체들의 호흡법
77 김민정 | 짐승의 時間
78 윤정환 | 선물
79 강재림 | 마지막 디너쇼
80 김나영 | 소풍血戰
81 최준호 | 핏빛, 그 찰나의 순간
82 신영선 | 욕망의 불가능한 대상
83 박주리 | 먼지 아기/꽃신, 그 길을
따라
84 강수성 | 동피랑
85 김도경 | 유튜버(U-Tuber)
86 한민규 | 무희, 무명이 되고자 했던
그녀
87 이희규 | 안개꽃/화(火), 화(花), 화
(華)
88 안희철 | 데자뷰
89 김성진 | 이를 탐한 대가
90 홍창수 | 신라의 달밤
91 이정운 | 봄, 소풍
92 이지훈 | 머나 먼 벨몬트
93 황은화 | 내가 본 것
94 최송림 | 간사지
95 이대영 | 우리 집 식구들 나만 빼고
다 이상해
96 이우천 | 중첩
97 도완석 | 하늘 바람이어라
98 양수근 | 옆집여자
99 최기우 | 들꽃상여
100 위기훈 | 마음의 준비
101 노경식 | 봄꿈(春夢)
102 강추자 | 공녀 아실
103 김수미 | 타클라마칸
104 김태현 | 연선
105 김민정 | 목마, 숙녀 그리고 아포롱
106 이미경 | 맘모스 해동
107 강수성 | 짝
108 최송림 | 늦둥이
109 도완석 | 금계필담
110 김낙형 | 지상의 모든 밤들
111 최준호 | 인구론
112 정영욱 | 농담
113 이지훈 | 조카스타2016
114 안희철 | 만나지 못한 친구
115 김정숙 | 소녀
116 이상용 | 현해탄에 스러진 별
117 유현규 | 임신한 남자들
118 김성희 | 동행
119 강제권 | 없시요
120 최기우 | 정으래비
121 강재림 | 살암시난

122 장창호 | 보라색 소
123 정범철 | 밀정리스트
124 정재춘 | 미스 대디
125 윤정환 | 소
126 한민규 | 최후의 전사
127 김인경 | 염쟁이 유씨
128 양수근 | 나도 전설이다
129 차근호 | 암흑전설영웅전
130 정민찬 | 벚꽃피는 집
131 노경식 | 반민특위
132 박장렬 | 72시간
133 김태현 | 손은 행동한다
134 박정기 | 승평만세지곡
135 신영선 | 망각의 나라
136 이미경 | 마트료시카
137 윤한수 | 천년새
138 이정수 | 파운데이션
139 김영무 | 지하전철 안에서
140 이종락 | 시그널 블루
141 이상용 | 고모령에 벚꽃은 흩날리고
142 장일홍 | 이어도로 간 비바리
143 김병재 | 부장들
144 김나정 | 저마다의 천사
145 도완석 | 누파구려 갱위강국
146 박지선 | 달과 골짜기
147 최원석 | 빌미
148 박아롱 | 괴짜노인 하삼선
149 조원석 | 아버지가 사라졌다
150 최원종 | 두더지의 태양
151 마미성 | 벼랑 위의 가족
152 국민성 | 아지매 로맨스
153 송천영 | 산난기
154 김미정 | 시간을 묻다
155 한민규 | 사라져가는 잔상들
156 차범석 | 장미의 성

157 윤조병 | 모닥불 아침이슬
158 이근삼 | 어떤 노배우의 마지막 연기
159 박조열 | 오장군의 발톱
160 엄인희 | 생과부위자료청구소송